임영기 新무협 판타지 소설
FANTASTIC ORIENTAL HEROES

대사부 12

임영기 新무협 판타지 소설

초판 1쇄 찍은 날 § 2010년 10월 1일
초판 1쇄 펴낸 날 § 2010년 10월 8일

지은이 § 임영기
펴낸이 § 서경석

편집팀장 § 서지현
편집 § 어정원

펴낸곳 § 도서출판 청어람
등록번호 § 제1081-1-89호
등록일자 § 1999. 5. 31
어람번호 § 제2-1983호

주소 § 경기도 부천시 원미구 심곡2동 163-2 서경B/D 3F (우) 420-822
전화 § 032-656-4452 팩스 § 032-656-4453
http://www.chungeoram.com
E-mail § chungeoram@chungeoram.com

ⓒ 임영기, 2009

ISBN 978-89-251-2306-6 04810
ISBN 978-89-251-2031-7 (세트)

※ 파본은 구입하신 서점에서 교환하여 드립니다.
※ 저자와 협의하여 인지를 붙이지 않습니다.
※ 이 책은 도서출판 청어람과 저작자의 계약에 의해 출판된 것이므로,
   무단 전재 및 유포 · 공유를 금합니다.

대사부

大邪夫

FANTASTIC ORIENTAL HEROES
임영기 新무협 판타지 소설

12
격전(激戰)

청람

目次

제125장	궁지	7
제126장	희망이 보이다	33
제127장	비겁한 투사	55
제128장	꿩과 오리	81
제129장	천신종(天神從)	103
제130장	대매국노(大賣國奴)	129
제131장	복병(伏兵)	157
제132장	울전대(亐戰隊)	185
제133장	율가륵	205
제134장	초극고수(超極高手)	235
제135장	눈물을 머금고	261
제136장	아! 주군!	287

第百二十五章

궁지

대사부

기개세는 청력을 극대화했다.

청력으로 아들 기무룡의 숨소리를 감지하려는 것이다.

그는 자신의 다섯 아내는 물론이고 다섯 아이의 호흡 소리와 심장박동까지도 구별해 낼 수 있다. 뿐만 아니라 측근들의 숨소리만 듣고도 그가 누군지 안다.

포구의 온갖 잡다한 소리들이 그의 두 귀로 파도처럼 쏟아져 들어왔다.

그는 지그시 눈을 감은 채 그 소리들을 하나씩 차근차근 들으면서 빠르게 걸러냈다.

그의 좌우 허공에 멈춰서 우뚝 선 자세로 있는 아미와 독고비는 눈도 깜빡이지 않고 기개세의 얼굴을 주시했다.

신기한 일이지만 이즈음의 아미와 독고비는 기개세와 완벽하게 일심동체(一心同體)가 된 상태다.

천족인 아미와 천신족인 독고비가 지난 일 년여 동안 기개세와 수백 차례의 정사를 한 결과다.

현재 아미와 독고비는 기개세가 보는 것, 듣는 것, 맛보는 것, 생각하는 것 등을 완벽하게 공유하고 있다. 그가 느끼는 것을 모조리 같이 느끼는 것이다. 실로 신비하기 짝이 없는 일이다.

그렇기 때문에 지금 아미와 독고비는 기개세가 청력으로 듣고 있는 것들을 동시에 함께 듣고 있는 것이다.

그런 능력이 전혀 없는 우지화는 극도로 초조했으나 아무 소리도 하지 않고 잔뜩 기대 어린 표정으로 기개세를 지켜보고 있었다.

그녀는 기개세가 무엇을 하고 있는지 그의 모습을 보고 짐작할 수 있었다.

열 호흡이 지나더니 어느덧 반 식경이 흘렀다. 그런데도 기개세는 허공에 정지한 상태에서 왼팔로는 우지화의 허리를 안은 채 눈을 감고 꼼짝도 하지 않았다.

세 여자는 초조하게 그의 얼굴만 뚫어지게 주시할 뿐이다.

지금 그는 포구를 벗어나 먼 곳까지 청력의 범위를 확대하고 있는 중이다.

그러나 아무리 기개세의 능력이 뛰어나다고 해도 감지하려고 하는 것은 어린 아기의 숨소리다.

더구나 시간이 흐를수록 아기를 데리고 있는 자는 더 멀어지고 있으니 감지하는 것이 더 어려워질 것이다.

독고비는 당장에라도 청력으로 감지하는 것을 그만두고 지상으로 쏘아 내려가서 이리저리 돌아다니며 아기를 찾고 싶은 마음이 간절했으나 기개세를 믿고 죽을힘을 다해서 참고 있는 중이었다.

그때 마침내 기개세가 번쩍 눈을 떴다.

그를 주시하고 있는 아미와 독고비의 얼굴에 기쁜 기색이 떠올랐다.

그녀들은 아기 기무룡의 숨소리를 기개세와 같은 순간에 동시에 감지한 것이다.

슈우—

순간 기개세가 아무 말도 없이 남경성 방향으로 빛처럼 쏘아갔다.

아미와 독고비가 기개세를 뒤쫓으려고 할 때 그는 이미 이백여 장 밖을 쏘아가고 있는 중이었다.

[저… 저기예요.]

우지화가 아래를 가리키며 다급하면서도 기쁜 목소리로 전음을 보냈다.

그녀가 가리키고 있는 인물은 하관 포구에서 남경성으로 뻗은 대로를 달리고 있는 중이었다.

그는 삼십여 세의 사내로 평범한 황의경장을 입었으며 어깨에는 한 자루 검을 메고 있었는데, 한쪽 팔로 하나의 바랑을 품에 안고 있었다.

우지화는 황의경장사내가 안고 있는 바랑이 얼마 전에 마주쳤던 뚱뚱한 여인이 메고 있던 그 바랑이라는 것을 한눈에 알아보았다.

뚱뚱한 여인은 하관 포구에서 바랑을 황의경장사내에게 넘긴 것이 분명했다.

기개세는 황의경장사내가 안고 있는 바랑 속에서 아들 기무룡의 숨소리가 나는 것을 확인했다.

그러나 그는 허공중에서 잠시 갈등했다. 황의경장사내를 미행해서 그의 목적지가 어디인지 알아내고 싶다는 생각이 들었기 때문이다.

하지만 그는 곧 갈등을 그만두었다. 아기를 담보로 삼아서 미행을 하는 짓 따위는 하고 싶지 않았다. 위험하기도 하지만 아기에게 못할 짓이기 때문이다.

그런데 그는 황의경장사내를 제압하려다가 그만두었다. 뒤따라오고 있는 독고비가 사내의 배후를 알고 싶어 하는 마음을 읽었기 때문이다.

독고비는 지금 당장에라도 황의경장사내를 제압해서 바랑에 들어 있는 아기를 품에 안고 싶은 마음이 간절하다.

그런데도 사내를 미행하려는 것은 그녀의 분노가 그만큼 크기 때문이었다.

사내는 하수인에 불과할 것이다. 그러므로 배후를 잡아내서 어째서 아들을 납치한 것인지 이유를 알아내고 이후에 가장 잔인한 방법으로 죽이고 싶은 것이다.

아미, 독고비와 합류한 기개세는 미행하는 것을 들키지 않으려고 더 높은 상공으로 올라갔다.

황의경장사내가 전개하는 경공술을 보면 일류고수 이상의 무위를 지닌 것이 분명했다.

이윽고 그는 남경성 내로 들어가자 거리에 사람들이 워낙 많아서 경공을 그만두고 빠른 걸음으로 인파 속을 걷기 시작했다.

어스름한 저녁나절의 번화가는 쏟아져 나온 사람들로 인산인해를 이루고 있었다.

황의경장사내는 일부러 그러는 듯 인파 속에 파묻혀서 이리저리 꼬불꼬불 돌아다녔다. 혹시 있을지도 모르는 미행을 따돌리려는 행동인 듯했다.

　그렇지만 하늘에서 내려다보는 기개세 일행의 눈을 피하는 것은 불가능했다.

　황의경장사내가 이번에는 주루로 들어갔다가 잠시 후에 뒷문으로 나오더니 이후에도 복잡한 골목을 일각 동안이나 맴돌 듯이 돌아다녔다.

　그리고는 이윽고 골목 안에 있는 어느 평범해 보이는 집으로 들어갔다.

　그 집은 지붕에 가려져 있어서 기개세 일행은 사내를 눈으로 볼 수가 없게 되었다.

　하지만 숨소리와 기척으로 그 집에 다섯 명이 있다는 사실을 알 수 있었다.

　기개세 일행은 그 집 상공에 정지한 채 초조한 심정으로 굽어보았다.

　우지화는 다른 사람의 생각을 읽지는 못하지만 그들의 행동으로 미루어 배후를 잡으려고 한다는 사실을 짐작할 수 있었다.

　기개세 일행은 지금 굽어보고 있는 저 평범한 가정집이 황의경장사내의 최종 목적지는 아닐 것이라고 생각했다.

　천검신문 태문주의 아들을 납치한 배후자가 이런 집에 있을 리가 만무하다.

황의경장사내가 무엇 때문에 이곳에 왔는지는 모르지만 곧 나올 것이라고 생각했다. 이것 역시 미행을 따돌리려는 행동의 연장선일 것이다.

　하지만 기개세 일행은 마음이 극도로 불안했다. 놈들이 어느 순간에 아기에게 해를 입힐지 모르기 때문이다.

　아기에게 무슨 일이 생기면, 배후를 붙잡은들 무슨 소용이 있겠는가.

　하지만 놈들이 아기를 죽이는 것이 목적이었다면 구태여 유모가 바랑에 넣어서 나오지 않았을 것이다.

　잠자는 아기를 죽이고 맨몸으로 빠져나오는 것이 훨씬 더 쉬웠을 테니까 말이다.

　아기를 살려서 여기까지 데리고 온 것을 보면 이들의 목적은 납치가 분명하다.

　그렇더라도 지켜보고 있는 부모의 마음은 바짝바짝 타들어가고만 있다.

　그때 기개세 일행의 안색이 급변했다.

　굽어보고 있는 집 안에서 아기를 포함하여 다섯 명의 숨소리가 감지되고 있었는데 갑자기 어느 순간부터 숨소리 두 개가 사라져 버린 것이다.

　기개세는 즉시 청력을 극대화시켰으나 여전히 숨소리는 세 사람밖에 감지되지 않았다. 사라진 숨소리는 아기와 황의경장사내였다.

이런 경우는 두 가지 일이 일어났음을 의미한다. 하나는 두 사람이 죽었다는 것이고, 또 하나는 두 사람이 사라졌다는 것이다.

그러나 전자는 가능성이 희박하다. 사람이 갑자기 숨이 끊어질 리가 없다.

죽으려면 어떤 상황이나 동작이 필요하다. 그런데 기개세 일행은 그런 것을 전혀 감지하지 못했다. 또한 아기는 그렇다고 쳐도 황의경장사내가 죽을 이유가 없다.

그렇다는 것은 두 사람이 한순간에 사라졌을 가능성이 크다는 뜻이다.

남경성은 장강이 지척에 있고 또 성내 여러 개의 크고 작은 호수와 몇 개의 물줄기가 얽히듯이 가로지르고 있어서 운하와 수로가 잘 발달되어 있다.

특히 성내의 웬만한 집들은 수로를 집 안으로 끌어들여서 여러 용도로 사용하고 있다.

어떤 수로는 한두 사람이 탈 수 있는 소형 배도 오갈 수 있을 정도로 폭이 넓고 깊은 곳도 있다.

하지만 수로는 대부분 지하에 거미줄처럼 얽혀 있어서 외부에서는 보이지 않는다.

그렇기 때문에 모르는 사람이 성급하게 뛰어들었다가는

지하에서 길을 잃기 십상일 정도로 복잡하다.

지하 수로는 그 위에 땅과 집들이 있기 때문에 숨소리나 기척을 감지하는 것이 불가능하다.

황의경장사내는, 아니, 납치에 관련된 자들은 예상보다 훨씬 용의주도했다.

[대가!]

다급해져서 집으로 쏘아 내리려는 독고비의 팔을 기개세가 붙잡자 그녀는 안타까운 얼굴로 그를 바라보았다.

기개세는 우지화의 허리를 감은 팔을 풀면서 명령했다.

[화야, 놈들을 확보해라.]

우지화는 황의경장사내가 들어갔던 집 지붕으로 서리가 내리듯이 기척없이 하강했다.

다음 순간 기개세와 아미, 독고비는 세 방향으로 번쩍! 하고 빛이 갈라지듯 쏘아갔다.

지하 수로라고 계속 지하로만 이어지는 것은 아니다. 주위의 운하로 연결되어 있기 때문에 주변의 운하를 지키고 있으면 사라졌던 황의경장사내와 아기가 나타날 것이다.

그렇게 간파한 기개세의 생각을 읽은 아미와 독고비는 각기 다른 방향으로 흩어진 것이다.

[제가 들이닥치자마자 집 안에 있던 세 놈 모두 입안에 머금고 있던 독을 삼키고 자결했어요. 지금 놈들의 몸이 녹고

있어요. 어쩌면 좋아…….]
 기개세가 근처의 운하 위에 당도했을 때 우지화의 당황하는 전음이 들려왔다.
 호락호락한 놈들이 아니다. 죽음을 각오하고 이 일을 실행하고 있는 것이다.
 입안에 독을 머금고 있으며, 실제로 그것을 삼켜서 자결했다는 것은, 지켜야 할 비밀이 있다는 것이고, 그 비밀이 매우 중요하다는 사실을 대변하고 있었다.
 '반드시 잡아야 한다.'
 운하를 굽어보는 기개세의 눈이 이글거렸다.
 [들어라. 모든 운하를 차단하되 막수호(莫愁號)로 가는 길만 열어두어라.]
 기개세의 천리전음이 퍼져 나갔다.
 그즈음에 이미 남경성 내로 진입하고 있는 천검사무영대 사백 명과 천불지도의 고수들, 즉 불도고수(佛道高手) 백 명, 도합 오백 명 모두의 귀에 기개세의 천리전음이 동시에 전해졌다.
 기개세는 천검신궁을 떠나면서 수하들에게 따로 명령을 내리지 않았었다.
 그런데도 천검사무영대와 불도고수들이 그 즉시 그림자처럼 뒤따라왔다.

천검사무영대의 네 명의 우두머리는 천검사영이다. 그리고 불도고수들의 우두머리는 독고비다.
　그러므로 기개세나 독고비에게 무슨 일이 생겼을 경우에 그들이 그림자처럼 따르는 것은 당연한 일이었다.
　이들 오백 명은 지난 일 년여 동안 아미가 천검사무영대를, 독고비가 불도고수들을 특별하게 관리하면서 무공 연마를 시킨 덕분에 과거에 비해서 몰라보게 고강해졌다. 현재 그들은 각자 절정고수 수준이다.
　천검사무영대와 불도고수들이 남경성 내의 모든 운하를 차단하는 이유는, 혹시 이곳에서 기개세와 아미, 독고비가 황의경장사내를 발견하지 못했을 때를 대비하는 것이다.
　그때 문득 기개세는 잊고 있었던 상비를 기억해 냈다. 상비라면 아무리 복잡한 지하 수로라고 해도 능히 황의경장사내를 찾아낼 수 있을 것이다.
　"비비빗~ 비릿~!"
　그는 입술을 오므리고 작은 새소리를 냈다. 상비를 부르는 신호다.
　큰 소리를 낼 필요가 없다. 설혹 천 리가 떨어져 있더라도 이 작은 신호를 듣고 상비는 나타날 것이다. 상비는 천족이나 천신족과 영적으로 교감하기 때문이다.
　세 호흡쯤 지났을 때 상비가 나타나 기개세의 어깨에 내려

앉았다. 천검신궁 원앙루에서 오는 것이기 때문에 오래 걸리지 않았다.

그렇더라도 원앙루에서 이곳까지 오는 데 불과 세 호흡밖에 걸리지 않은 것을 보면 가히 상비의 속도가 얼마나 빠른지 짐작할 수 있었다.

[비야, 용아를 찾아라.]

기개세의 심어를 들은 상비는 급전직하 빛살처럼 운하로 내리꽂히더니 찰나지간에 사라져 버렸다.

그때 나신효의 전음이 들려왔다.

[주군, 태자 주명옥이 실종됐습니다.]

'주명옥이?'

[주명옥을 호위하고 있던 황궁고수 다섯 명과 천휘고수 다섯 명이 모두 시체로 발견됐습니다.]

기개세는 오늘 아침에 주명옥으로부터 남경성 내를 둘러보고 싶다는 부탁을 듣고 쾌히 승낙했었다.

그가 신분을 드러내지 않고 행동한다면 별로 위험하지 않을 것이라고 판단했기 때문이다.

그런데 주명옥이 실종됐다. 그것은 전혀 예상하지 않았던 뜻밖의 사건이었다.

아들 기무룡이 납치된 것과 동시에 주명옥이 실종됐다는 것은 두 사건이 연관이 있다는 뜻이다.

내일 대명국 개국을 선포하고 나서 주명국이 황제의 위에 오를 예정이었다.

그런데 그의 실종으로 대명국 개국 자체가 무산될 위기에 놓여 버렸다.

기개세의 아들 기무룡은 대명국 개국하고는 아무런 연관성이 없다.

그런데도 납치됐다. 과연 두 사건 사이에 무슨 연관이 있다는 것인가.

연관이 있다. 두 사건 다 기개세를 핍박하고 있다. 즉, 표적이 기개세인 것이다.

그렇다면 두 사건의 배후는 동일 인물일 가능성이 크다.

'도대체 누가······.'

거기에서 막혔다. 기개세와 천검신문에 해를 끼치려는 자들은 울제국뿐이다.

하지만 울제국 놈들은 남경성은 물론이고 천신국 내에 일절 잠입할 수가 없다.

접경 지역의 방비는 삼엄할 정도가 아니다. 개미 한 마리조차 방어막을 뚫고 들어오지 못한다.

또한 중원천하 각지에서 모여든 고수들이나 군사, 백성들은 한 명 한 명 치밀한 조사를 거쳐서 조금이라도 께름칙한 자들은 가차없이 추방했다.

그렇기 때문에 천신국 내에 거주하고 있는 고수나 군사, 백성들은 어느 누구라도 신용할 수 있는 사람들이었다.

그렇거늘 도대체 누가 이런 짓을 저질렀는지 짐작조차 가지 않는다.

기개세가 고민하고 있을 때 나신효의 전음이 이어졌다.

[현장에는 단서가 될 만한 것들이 추호도 남아 있지 않은 상태입니다.]

비리릿! 비빗!

그때 어디선가 상비의 울음소리가 들렸다. 서쪽 막수호가 있는 곳이다.

천검사무영대와 불도고수들이 성내의 운하들을 삼엄하게 지키고 막수호 쪽만 열어놓게 했더니 과연 황의경장사내는 막수호에서 모습을 드러냈다.

그렇다고 해도 이곳에서 사라진 지가 반 각 남짓이 지났을 뿐이거늘 어느새 오 리 거리인 막수호까지 가 있다니 놀라운 일이다.

더구나 기개세와 아미, 독고비가 세 군데 운하를 지켜보고 있는데도 그것을 피해 막수호에서 불쑥 나타났다.

황의경장사내가 기개세 일행이 자신을 감시하고 있다는 사실을 눈치챘을 리는 없다.

아마도 기개세 일행이 지켜보고 있는 운하 외에 다른 지하

수로를 이용한 듯하다.

기개세는 막수호가 있는 곳으로 쏘아가며 나신효에게 천리전음을 보냈다.

[신효, 주명옥에 대해서는 어떤 조치를 취했느냐?]

나신효는 즉시 대답했다.

[현장을 중심으로 성내 전체를 겹겹이 차단했습니다. 그리고 성민들을 모두 귀가시켰으며, 지금부터 한 집씩 샅샅이 수색할 계획입니다.]

현재로서는 최상의 방법이다. 기개세라고 해도 지금은 달리 특별한 방도가 생각나지 않는다.

한 가지 다행한 일은, 천라대는 천신국 내는 물론이고 특히 남경성 내를 완벽하게 꿰고 있다는 사실이었다.

좀 과장을 하면 누구네 집에 숟가락이 몇 개가 있는 것까지도 환하게 알고 있을 정도다.

[대가, 놈을 제압해요. 심장이 떨려서 더 이상 용아를 담보로 미행할 수가 없어요.]

뒤쪽에서 따르고 있는 독고비가 안타까운 목소리로 심어를 보냈다.

만약 기무룡을 납치한 것과 주명옥의 실종이 동일 인물의 짓이라면, 황의경장사내를 미행해서 최종 목적지까지 가기만 하면 기무룡도 주명옥도 동시에 구할 수 있을 것이라고 기개세는 생각하고 있었다.

독고비의 애타는 심정을 기개세가 모르는 것은 아니지만, 두 사건을 한꺼번에 해결할 수 있는 기회를 날려 버리고 싶지 않았다.

그 역시 지금 온몸의 피가 다 말라 버리는 것처럼 초조하기 짝이 없다.

그러나 그가 독고비와 다른 점은, 이런 상황에서도 차가운 이성을 발휘할 수 있다는 사실이었다.

기개세는 어느덧 막수호에 당도했다. 사위는 이미 어두워진 상태라서 흐릿한 달빛 아래 드넓은 막수호의 수면이 보석처럼 반짝이면서 일렁이고 있었다.

비릿… 비빗…….

기다리고 있던 상비가 기개세의 어깨에 내려앉았다.

막수호는 남경성에 있는 많은 호수들 중에서 동북쪽에 있는 현무호 다음으로 큰 호수이며 서쪽에 위치해 있다.

막수호 호숫가 둘레에는 수백 개의 크고 작은 장원과 기루, 주루, 다루들이 빼곡하게 들어차 있었다.

장원은 하나같이 부호나 세도가들의 소유다. 막수호와 북쪽 네 개의 호수들 주변은 경치가 아름답기 때문에 일반 백성들은 장원을 짓거나 살 엄두를 내지 못한다.

스으.

기개세는 자신과 좌우에 떠 있는 아미, 독고비 주위에 얇은 막을 쳤다.

그 막은 외부의 빛을 굴절시키기 때문에 밖에서 보면 세 사람의 모습이 전혀 보이지 않는다.

지금이 밤이고 기개세 일행이 높이 떠 있다고 해도 만약을 위해서 무형막(無形幕)을 친 것이다.

황의경장사내를 잠시 경험한 것에 불과하지만, 그토록 치밀한 놈들이라면 이쪽에서도 주의를 하는 것이 좋다.

막수호는 낮보다 밤이 더 붐빈다. 호수 둘레에 성행하고 있는 수십 개 기루에서 유람선들을 일제히 띄우고 손님을 맞이하기 때문이다.

그뿐 아니라 풍류를 즐기는 개인들도 제각기 배를 띄우고 술을 마시며 시를 읊거나 노래를 부르면서 즐긴다.

천신국은 역사상 그 어떤 시대보다 태평성대이기 때문에 어딜 가나 풍족함을 만끽하는 사람들로 넘쳐 난다.

황의경장사내가 탄 배는 길이 두 자 반에 폭이 한 자 반 남짓한 크기다.

소형 배 축에도 끼지 못할 정도로 작다. 차라리 큰 대야라고 하는 편이 맞는 말이었다.

그는 바랑을 자신의 앞쪽 바닥에 놓은 채 일어서서 노를 젓고 있었다.

기개세의 다섯 아기들은 태어난 이후 지금까지 한 번도 운 적이 없다.

아들 기무룡 역시 오랜 시간 동안 바랑 안에 담겨져 있는데 도 한 번도 울지 않고 있었다.

황의경장사내가 탄 배는 막수호에 떠 있는 많은 배들 사이 를 요리조리 곡예를 하듯이 빠져나가면서 점차 북쪽으로 향 하고 있었다.

막수호의 북쪽은 다른 곳보다 더 붐비고 복잡하다. 그곳에 는 네 개의 고만고만한 크기의 호수들이 나란히 늘어서 있으 며 또한 서로 연결되어 있는데다 경치가 뛰어나게 아름답기 때문이다.

[충돌하겠어!]

그때 배를 지켜보던 독고비가 뾰족하게 심어를 발했다. 아 니, 그런 생각을 했다.

황의경장사내가 탄 소형 배 바로 이 장 전방에서 어디선가 갑자기 불쑥 나타난 한 척의 유람선이 정면으로 충돌할 듯이 다가오고 있었다.

유람선은 그리 크지 않았으며 선실이나 누각 같은 것도 없 는 소형과 중형의 중간 정도 크기였다.

그저 대여섯 명의 장정과 세 명의 기녀가 서로 섞여 앉아서 술을 마시면서 흥겹게 목소리를 높여 노래를 부르고 있었다.

유람선 맨 뒤에서 노를 젓고 있는 사공은 취객들이 노는 모습에 한눈을 파느라 앞쪽에서 마주 다가오고 있는 황의경장사내의 작은 배를 미처 발견하지 못한 듯했다.

"아앗!"

뒤늦게 작은 배를 발견한 사공이 놀라서 다급히 배의 방향을 틀려고 온몸을 비틀었다.

황의경장사내도 많은 배들 사이를 곡예하듯이 빠져나가느라 뒤늦게 유람선을 발견하고 깜짝 놀라 급급히 방향을 바꾸려고 전력을 기울였다.

충돌 직전에 두 배는 아슬아슬하게 비껴갔다.

하지만 충돌을 피하느라 방향을 급선회한 바람에 두 배는 뒤집어질 듯이 크게 휘청거렸다.

"와앗!"

"꺄악!"

유람선의 장정들과 기녀들이 비명을 터뜨리며 서로 부둥켜안거나 난간을 부여잡았다.

황의경장사내의 소형 배는 유람선이 만들어낸 파도 때문에 더욱 심하게 요동을 쳤다.

그러나 두 배는 잠시 후에 가까스로 균형을 되찾았고, 유람선의 사람들이 멀어지고 있는 황의경장사내를 향해 주먹질을 하면서 욕을 퍼부었다.

그러나 황의경장사내는 뒤도 돌아보지 않고 더욱 빨리 노를 저으며 멀어져 갔다.

그로부터 다섯 호흡쯤 지났을 때 무엇인가를 느낀 황의경장사내가 문득 손을 들어 목 뒷덜미를 어루만졌다.

그가 뒷덜미에서 뗀 손을 들어 보이자 손가락 사이에 쇠털처럼 가느다랗고 검측측한 바늘 같은 것이 끼워져 있었다.

"흐윽! 독……."

순간 황의경장사내의 두 눈이 잔뜩 부릅떠졌고, 입에서 헛바람 소리가 새어나왔다.

그 소리를 들은 기개세와 아미, 독고비는 움찔 놀랐다. 세 사람은 황의경장사내의 손가락 사이에 끼어 있는 쇠털 같은 바늘에 고정되었다.

다음 순간 기개세의 시선이 재빨리 사내의 앞쪽 바닥으로 향했다.

'사라졌다!'

사내 바로 앞쪽 바닥에 놓여 있던 바랑이 감쪽같이 사라져 버린 것이다.

"크으으……."

그때 사내의 몸이 기우뚱 옆으로 기울어졌다.

슈우우!

그와 동시에 기개세가 사내를 향해 급전직하 내리꽂혔고,

아미와 독고비는 조금 전에 사내가 탄 배와 충돌할 뻔했던 유람선을 찾으러 쏘아갔다.

사내가 뒷덜미에 독침을 맞은 것과 바닥에 놓여 있던 바랑이 감쪽같이 사라진 것이 유람선에 타고 있던 누군가의 소행일 것이라고 기개세와 아미, 독고비는 동시에 생각했다.

유람선이 사내가 탄 소형 배와 충돌할 뻔했던 것은 사전에 미리 그렇게 하기로 계획한 것이 분명했다.

그리고 그 와중에 소형 배의 바랑이 유람선으로 귀신같이 넘겨진 것이다.

황의경장사내의 임무는 거기까지다.

그러나 그는 자신이 바랑을 넘겨주는 것과 동시에 독침을 맞게 될 줄은 꿈에서조차 예상하지 못했었다. 이른바 살인멸구(殺人滅口)다.

삭—

기개세는 소형 배의 양쪽 가장자리에 양발을 딛는 것과 동시에 황의경장사내를 향해 손을 뻗었다.

몸이 거의 수평으로 기울어져 있던 사내의 상체가 스르르… 일으켜 세워지더니 등이 기개세의 팔에 얹혔다. 사내의 몸은 나무토막처럼 딱딱했다.

"끄으으……."

사내는 두 눈알이 튀어나올 듯하고 입에서 부글부글 게거

품이 흘러나오고 있는데, 얼굴색은 검푸르게 변해 있었다. 독이 온몸에 퍼졌다는 증거다.

그는 기개세를 보며 안타까운 표정을 지으면서 애써서 뭔가 말하려는 듯 입술을 달싹거렸으나 말이 되어 나오지는 않았다.

사내의 눈에서 동공이 사라지고 흰자위가 거무스름하게 변하면서 새카만 물이 주르르 흘렀다.

츠으으으…….

그때 사내의 몸 전체에 순식간에 새하얗게 두꺼운 서리가 뒤덮였다. 기개세가 뿜어낸 천신기혼에 의해서 얼음덩어리가 된 것이다.

기개세는 지금 당장 사내의 독상을 치료할 수 없기 때문에 임시방편으로 몸을 얼려 버린 것이다.

문득 기개세는 눈살을 가볍게 찌푸리고는 사내를 안고 아미와 독고비가 간 방향으로 쏘아갔다.

그녀들이 유람선을 찾지 못하고 헤매고 있는 것을 알았기 때문이다.

기개세는 눈 한 번 깜빡일 순간에 그녀들에게 당도했지만 어디에서도 유람선을 발견하지 못했다.

그는 유람선을 찾지 못할 것이라고는 생각하지 않았다. 유람선이 황의경장사내의 소형 배와 충돌할 뻔했던 것이 불과 다섯 호흡 전의 일이다.

 그 짧은 시간에 이 넓은 호수에서 사라진다는 것은 있을 수도 없는 일이었다. 하지만 있을 수 없는 일이 벌어졌다.

 그는 청력을 극대화시켜서 아들의 숨소리를 감지해 내려고 했으나 막수호에 떠 있는 수십 척의 유람선에서 쏟아져 나오고 있는 풍악 소리와 노랫소리, 떠들썩한 소음 때문에 뜻을 이루지 못했다.

 이후 기개세와 아미, 독고비는 반 시진 동안 막수호 상공을 날아다니면서 눈에 불을 켜고 유람선을 찾아다녔으나 끝내 발견하지 못했다.

第百二十六章

희망이 보이다

대사부

천검신궁 내 천검각에 기개세와 다섯 부인들, 그리고 핵심 간부들이 모여 있다.

태산이 누르고 있는 듯 무거운 분위기다. 또한 아무도 입을 열지 않은 지가 반 시진이나 지났다.

천검신문 태문주의 외아들이 납치됐고, 대명국 황제로 즉위하려던 주명옥도 납치됐다.

그 사실만 명확할 뿐이지 아무런 단서도 흔적도 없다. 납치된 두 사람의 생사조차도 알지 못한다.

다만 여러 정황으로 미루어 봤을 때 살아 있을 것이라고 추측하는 것 정도가 전부다.

그러나 '살아 있을 것이라는 추측' 만으로는 절대로 기개세와 독고비를 위로하지 못한다.

더구나 기개세가 황의경장사내를 미행해서 한꺼번에 기무룡과 주명옥을 다 구하려고 고집을 부리다가 아들을 완전히 잃어버리게 된 상황이기 때문에 독고비는 거의 제정신이 아니었다.

그 반대로 자신의 고집 때문에 사랑하는 아들을 잃어버린 기개세는 머릿속이 아예 공황 상태다.

어디에서부터 어떻게 손을 써야 할지를 모르기 때문에 더욱 암담한 상황이다.

기개세는 그때 이후 너무도 미안한 마음 때문에 독고비를 제대로 쳐다보지도 못하고 있었다.

도기운 이하 수하들은 기개세의 최측근이면서도 이 사건에 대해서 주군께 아무런 도움이 되지 못하고 있는 터라서 착잡한 심정이었다.

지금 천검신문이 하고 있는 일은, 막수호 주변을 샅샅이 뒤지는 것뿐이었다.

그중에서도 막수호 북쪽 네 개의 작은 호수들 주위를 중점적으로 수색하고 있었다. 황의경장사내가 그 쪽으로 가려고 했었기 때문이다.

하지만 아직까지 이렇다 할 성과가 없었다. 막수호나 네 개 작은 호수 주변의 장원들과 기루들 중에서 기무룡과 주명옥 납치 사건과 터럭만큼이라도 연관이 있을 만한 곳은 한 군데도 없는 것으로 현재까지 드러났다.

'방법이 없다.'

태사의에 깊숙이 몸을 파묻은 채 앉아 있는 기개세는 손으로 턱을 괸 채 내심 무겁게 중얼거렸다.

아들 기무룡을 담보로 삼아서 황의경장사내를 미행할 때에는 만약 그것이 실패했을 경우에 이렇게까지 막막한 상황이 될 줄은 예상하지 못했었다.

아니, 미행이 실패할 것이라고 생각하지 않았기에 예상 같은 것은 아예 하지 않았었다.

'왜 그랬을까. 왜 그런 무모한 일을……'

후회는 아무리 빨라도 늦다. 그리고 후회는 일이 잘못되었을 경우에만 찾아든다.

'아들을 담보로……'

이제는 후회를 넘어서 자괴감마저 몰려들었다.

그는 지난 일 년 사이에 각고의 노력 끝에 천신여의지경을 팔경(八境)까지 달성했다.

앞으로 이 경만 더 이루면 전무후무한 천신여의가 되는 것이다. 상제와 동격인 것이다.

하지만 아직은 신(神)보다는 인간에 가깝다. 그래서 후회도 자괴감도 드는 것이다.

기개세도, 아직 혼인식을 치르지 않은 다섯 명의 부인들도, 그리고 측근들도 깊은 생각에만 빠져 있을 뿐 여전히 침묵은 길어지고 있었다.

현재로선 막수호에서 기무룡을 유람선에 넘겨주다가 독침에 당한 황의경장사내가 유일한 실마리다.

하지만 기개세는 그자의 입에서 아무것도 듣지 못했다.

한 시진 전에 그자의 독상을 치료하려고 꽁꽁 언 몸을 녹였더니, 기다렸다는 듯이 급속도로 독이 퍼지는 바람에 급히 그자의 몸을 다시 얼려 버렸다.

그자의 몸에서 독을 뽑아내는 것보다 독이 퍼지는 속도가 더 빠르면 그것으로 끝이다.

기개세는 유일한 단서인 황의경장사내를 그렇게 쉽게 잃을 수는 없었다.

그래서 일단 그자를 얼려놓은 후 나중에 기회를 봐서 다시 한 번 시도해 볼 생각이었다.

끼이.

그때 굳게 닫혔던 대전의 문이 약간 열리고 문밖을 지키고 있던 수하 하나가 조심스럽게 들어섰다.

"천휘군 제일단주가 주군을 뵙기를 청합니다."

수하는 기개세를 향해 부동자세로 그렇게 보고했다.

그러자 천휘군주 유당환이 엄한 얼굴로 수하를 꾸짖었다.

"네 눈에는 주군께서 지금 사사로운 일로 신경을 쓰셔야 할 것으로 보이느냐?"

"용… 서하십시오."

천휘군 제일단주라면 유당환의 직속 수하다. 그러므로 그가 화를 내는 것이다.

잔뜩 주눅이 든 수하가 주춤거리면서 나가려고 하자 기개세가 입을 열었다.

"모용군을 들라 하라."

그는 천휘군 제일단주가 모용군이라는 사실을 기억하고 있었다.

지금 이 자리가 얼마나 막중한지는 모용군도 잘 알고 있을 터이다.

그런데도 들어오기를 원한다면 아마도 이번 사건에 대한 것일지도 모른다고 기개세는 생각했다.

"속하 모용군, 주군을 뵈옵니다."

들어선 모용군은 대전 문을 등진 채 공손히 허리를 굽혔다.

"가까이 와라."

기개세의 명령에 모용군은 흔들림없이 당당한 걸음으로 곧장 걸어와 단하에 우뚝 멈춰 섰다.

기개세가 가볍게 고개를 끄덕이자 모용군은 그를 똑바로 주시하며 입을 열었다.

"주명옥을 납치한 자가 누군지 알 것 같습니다."

순간 기개세와 다섯 부인의 안색이 급변했다. 뿐만 아니라 실내의 모든 사람들 얼굴에 놀라움이 떠올랐다.

"누구냐?"

"남궁세가의 지곤이라는 자입니다."

"남궁세가의 지곤?"

"그자는 예전에 남궁세가 이검대주의 신분이었습니다. 그런데 주명옥이 납치되기 직전에 속하가 그자를 남경성 거리에서 목격했습니다."

모용군은 기개세의 아들이 납치된 것에 대해서는 모르고 있다. 그 사실은 최측근들만 알고 있다.

"어째서 지곤이라는 자가 주명옥을 납치했을 것이라고 생각하느냐?"

"속하는 그자를 미행하다가 놓쳤었습니다. 그런데 그곳과 가까운 곳에서 주명옥이 납치됐다는 사실을 나중에 알게 됐습니다."

"음! 그렇다면 지곤이라는 자가 주명옥 납치에 연관됐을 가능성이 크군."

모용군의 얼굴이 어두워졌다.

"하오나 속하가 알고 있는 것은 그것뿐입니다. 그자를 놓쳤기 때문에 더 이상 아는 것이 없습니다."

기개세는 잠시 침묵했다. 모용군이 말해준 정보는 과연 중요한 것이었다.

하지만 반쪽짜리에 불과하다. 정작 중요한 부분은 알아내지 못했다.

만약 지곤이 주명옥 납치에 연관이 있다면, 아들 기무룡의 납치에도 연관이 있을 것이다.

"그자는 혼자였느냐?"

"아닙니다. 일행이 다섯 명 더 있었습니다."

도합 여섯 명이라면 주명옥을 호위하고 있던 열 명을 죽이고 그를 납치했을 가능성이 훨씬 더 커진다.

기개세는 손으로 이마를 짚은 채 모용군에게 주문했다.

"생각나는 것이 있으면 무엇이든지 말해보게. 아무리 작은 것이라도 괜찮다."

모용군은 고개를 갸웃거리면서 대답했다.

"속하가 보기에 그자들은 남의 눈치도 보지 않고 거리를 당당하게 활보했습니다. 또한 모두들 검을 메고 있었으며 그들끼리는 동료 같은 느낌이 들었습니다."

말을 마친 그는 자신의 설명이 기개세에게 도움이 되지 못했을 것이라고 여겨 죄스러운 마음을 금하지 못했다.

또한 자신이 지곤 일당을 제대로 미행하지 못한 것에 대한 자책감을 뿌리치지 못했다.

"주군, 놈들이 무기를 지니고 있었다는 것은……."

그때 도기운이 진중한 얼굴로 입을 열었다.

천신국 내에서는 천검신문에 속한 고수 외에는 무기를 휴대하는 것을 엄격하게 금지하고 있었다.

군사들은 근무지를 벗어날 때에는 반드시 무기를 두고 가야만 한다. 이를 어기면 벌을 받게 된다.

그러므로 지곤 일당이 무기를 메고 있었다는 사실은, 그들이 천검신문 휘하의 고수라는 신분으로 위장하고 있었을지도 모른다는 것을 의미하고 있었다.

도기운의 말이 이어졌다.

"남궁세가 잔당이 잠입해서 천검중원군으로 위장하고 있을 가능성이 있다는 뜻입니다."

천검중원군은 울제국 토벌을 기치로 천하에서 모여든 삼십만에 달하는 무림군웅들의 조직이다.

운집한 무림군웅 삼십만을 한 명씩 일일이 조사하여 부적격자는 모두 천신국 밖으로 추방했었으나, 사람이 하는 일이라 완벽했다고는 할 수 없다.

도기운은 기개세를 향해 공손한 어조로 말을 이었다.

"천검중원삼군 중에 중원의군과 중원협군은 현재 접경 지역에 주둔하고 있으므로 근무지를 무단이탈하여 남경성 내에서 일을 저지르는 것은 쉬운 일이 아닙니다."

기개세는 꼼짝도 하지 않고 눈도 깜빡이지 않은 채 정면의 허공을 주시하고 있었다.

"현재 중원정군이 남경성과 주변 이백여 리 일대의 경계를 담당하고 있으며, 그중 제일부, 제이부가 남경성 내의 경계와 치안을 맡고 있습니다."

도기운의 결론이 이어졌다.

"모용군의 설명에 따르면, 남궁세가 지곤 일당은 중원정군 휘하 제일부와 제이부에 소속되어 있을 가능성이 큽니다. 중원의군과 중원협군에도 지곤의 전신을 보내고 무단이탈자가 있는지 확인하겠습니다."

밤 해시(亥時:10시).

남경성 내 정군제일부 대연무장에 제일부 휘하 십당의 고수 전원 천여 명이 질서있게 모여 있다.

대열의 맨 앞 한가운데에는 제일부 부주가 우뚝 서 있고, 각 당 앞에는 당주들이 세 걸음 앞에 서 있다.

그들은 전면 돌계단 위에 장중하게 서 있는 정군제일부 삼층의 거대한 전각을 마주한 채 꼼짝도 하지 않았다.

한 시진 전에 이곳 정군제일부에 중원정군의 최고 우두머리인 정군대전주의 명령이 하달되었다.

　제일부 휘하 천여 명 전원은 즉시 한 명도 빠짐없이 정군제일부 전각 앞에 집합하라는 명령이었다.

　근무를 하러 밖에 나갔던 자들이나, 혹은 휴가 중이거나 외출을 나갔던 자들을 모조리 불러들였으며, 정군제일부 각 당의 숙소에서 휴식을 취하고 있던 자들까지 모조리 대연무장에 집합시켰다.

　그렇게 이들 천여 명은 자신들이 왜 도열했는지 영문도 모르는 채 한밤중에 한 시진 동안 꼼짝하지 않고 대연무장에 도열해 있는 중이었다.

　천여 명이 도열해 있는 둘레에는 수십 곳에 커다란 불길이 활활 타오르고 있어서 주위는 대낮처럼 밝았다.

　정군제일부 전각 안 삼층.

　대연무장 쪽으로 난 창 앞에 모용군이 서서 창틈으로 밖을 살피고 있었다.

　그리고 그 뒤에는 도기운과 기개세의 다섯 부인, 그리고 천검사영이 서 있고, 약간 떨어진 곳에 한 명의 초로의 인물이 서 있다.

　초로의 인물은 중원정군의 우두머리인 정군대전주다. 그는 오십대 초반의 나이에 작달막하면서 다부지고 강인한 체구를 지녔다.

　그는 강남무림에서 태극문에 이어 두 번째로 거대한 세력을 지닌 사해방(四海幇)의 방주다.

　천검신문이 남경성을 본거지로 한다는 소문이 퍼지자 제일 먼저 사해방 전 고수들을 이끌고 달려왔었다.

　모용군은 대연무장에 도열해 있는 천여 명을 눈도 깜빡이지 않은 채 한 명씩 일일이 살펴보고 있는 중이다. 그들 중에서 지곤을 찾아내려는 것이다.

　그러나 한 시진에 걸쳐서 천여 명을 세 번이나 살폈으나 어디에도 지곤의 모습은 보이지 않았다. 모용군의 얼굴에 착잡함이 가득 떠올랐다.

　뒤에 나란히 늘어서 있는 사람들은 잔뜩 기대하는 표정으로 초조하게 모용군을 지켜보고 있었다.

　모용군이 지곤을 찾아내느냐 못 찾아내느냐에 따라서 기무룡과 주명옥의 생사가 결정된다.

　뒤에 선 사람들은 제발 모용군이 지곤을 찾아내기를 간절하게 바라고 있었다.

　그때 모용군이 창틈에서 눈을 떼고 몸을 돌렸다. 이어서 사람들을 향해 처연한 표정으로 고개를 가로저었다.

　사람들의 시선이 일제히 모용군의 얼굴로 향했다. 그러나 곧 그들의 얼굴에 실망하는 기색이 역력하게 떠올랐다. 특히 독고비는 절망하는 표정을 지으며 그 자리에 쓰러질 듯한 모습이다.

무슨 생각에선지 도기운은 정군대전주를 쳐다보며 전음으로 말했다.

[도열해 있는 사람 중에서 빠진 자가 없는지 자네가 직접 확인해 보게.]

정군대전주는 공손히 허리를 굽힌 후 즉시 창으로 다가가서 창틈으로 밖을 내다보았다.

그는 눈도 깜빡이지 않고 밖을 쏘아보다가 일각쯤 지난 후에 몸을 돌려 역시 전음으로 보고했다.

[칠당주가 보이지 않습니다. 지금 당주 자리에 서 있는 자는 부당주입니다.]

그렇다면 당연히 칠당주가 의심스럽다. 그러나 지금 상황에서 부당주를 불러서 불문곡직 족칠 수는 없다.

그렇게 되면 풀을 건드려서 뱀을 놀라게 만드는 결과를 초래하게 될 것이다.

정군대전주의 집합 명령에 불복하고 칠당주가 보이지 않는다는 것은, 그가 기무룡과 주명옥의 납치에 가담했을 가능성이 있다는 뜻이었다.

도기운과 기개세의 다섯 여자, 그리고 천검사영은 아연 바짝 긴장했다. 단서가 잡히는 순간이다.

[그것뿐인가?]

도기운의 물음에 정군대전주는 창틈으로 다시 한 번 내다 보고 나서 몸을 돌리며 죄스러운 표정을 지었다.

[그렇습니다. 속하가 수하들 얼굴을 일일이 다 모르기 때문 입니다.]

그것은 그를 탓할 수 없는 일이다. 정군대전주 휘하에는 무려 십만 명의 수하들이 있는데 그들의 얼굴을 다 안다는 것은 불가능하다.

오히려 그가 제일부 휘하 칠당주의 얼굴을 알고 있었다는 사실이 신기할 정도였다.

모용군은 다시 창틈으로 밖을 내다보고 있지만 누군가를 알아볼 자신은 없는 상태다.

그리고 사람들도 그에게 더 이상 큰 기대를 하지 않는다. 모용군은 그저 막연하게 행운이 따라주지 않을까 하고 기대하면서 밖을 살피고 있을 뿐이다.

독고비는 뒤쪽에 있는 굳게 닫혀 있는 문을 쳐다보았다.

아직 기개세가 오지 않았다. 그는 모두에게 이곳에 먼저 가 있으라 이르고는 한 시진이 지난 지금까지 오지도 않고 아무런 기별도 없다.

기개세가 있어야지만 무엇을 하든 결정을 내릴 수가 있기 때문에 여기에 있는 사람들은 초조한 마음으로 하염없이 시간만 보내고 있는 중이다.

누구보다도 독고비는 애가 탔다. 그녀는 지금 당장에라도 제철당 부당주를 잡아다가 족쳐보고 싶었다.

그렇게 하면 의외로 뭔가 나올지도 모른다는 생각이 들었다. 설혹 아무것도 알아내지 못한다고 해도 이렇게 가만히 있는 것보다는 나을 것이다.

자신이 지금 이러고 있는 동안에 흥수가 아들을 죽이고 있을지도 모르는 일이다.

그런 생각이 머리에서 떠나지 않는 독고비는 초조함과 불안함 때문에 제대로 숨조차 쉴 수 없는 지경이었다.

"부당주라는 자를 끌고 오세요."

그래서 결국 그녀는 정군대전주를 보며 차가운 목소리로 그렇게 명령을 내렸다. 그것도 전음이 아닌 육성이다.

기개세가 기다리라고 했으면 무조건 기다려야 한다. 아무도 그 말을 거역해서는 안 된다.

하지만 독고비는 그럴 수가 없었다. 자신의 목숨 때문이라면 기개세의 명령을 절대 거역하지 않겠지만 이 일에는 천금 같은 아들의 목숨이 걸려 있지 않은가.

모두들 가볍게 놀라는 표정을 지으며 독고비를 쳐다보았으나 아무도 그녀를 제지하지 못했다.

그녀의 심정을 누구보다 잘 알기 때문이다. 그리고 모두의 지금 마음은 그녀와 같았다.

정군대전주는 도기운을 쳐다보았다. 그는 독고비가 누군지 잘 알고 있으며, 그녀의 명령을 거역할 수 없다는 사실도 알고 있었다.

하지만 그래도 도기운이 태문주 바로 아래의 이인자인 천검총군주이기 때문에 그의 최종 명령을 기다리는 것이다.

도기운은 굳은 표정으로 고개를 끄덕였다. 그로서도 부당주를 끌고 와서 심문하는 방법밖에는 없다는 생각이었다. 무작정 기개세를 기다릴 수만은 없는 일이다.

지금 이 순간에 기무룡을 납치한 자가 무슨 짓을 하고 있을지 모르기 때문이다.

정군대전주는 공손히 예를 취하고 나서 문으로 달려갔다.

척!

"으헛!"

그는 문을 열자마자 뛰어나가다가 화들짝 놀랐다. 기개세가 막 들어서고 있었기 때문이다.

달려나가던 몸을 즉시 멈추지 못하고 기개세와 충돌할 뻔한 정군대전주의 몸이 그가 발출한 보이지 않는 무형지기에 의해서 느릿하게 스르르 뒤로 떠올랐다.

기개세는 한 걸음 내딛어 정군대전주를 지나치는 듯하더니 어느새 다섯 여자와 측근들 앞에 멈추어 섰다.

사람들의 시선이 기개세가 어깨에 메고 있는 황의경장사내에게 집중되었다.

그는 더 이상 얼음덩어리가 아니다. 그것을 보면 기개세가 그의 독상을 치료한 것이 분명했다.

황의경장사내를 주시하는 사람들의 얼굴에 더할 수 없는 기대가 일렁거렸다.

척!

기개세가 황의경장사내를 바닥에 세워서 내려놓았다.

[진강(辰岡), 살펴봐라.]

기개세의 심어가 황의경장사내와 아미, 독고비의 머릿속을 울렸다.

기실 기개세는 측근들을 먼저 이곳으로 보내놓은 후에 혼자 천검신궁에 남아 황의경장사내의 독상을 치료하느라 한시진 동안 전력을 다했다. 그 결과 다행히 독을 몰아낼 수 있었다.

죽음의 문턱에서 구사일생으로 살아난 황의경장사내는 한동안 멍하니 앉아 있다가 느닷없이 기개세 앞에 무릎을 꿇고 울음을 터뜨렸다.

하관 포구에서 유모에게 기무룡을 건네받아서 그것을 막수호에서 유람선에 건네줄 때까지만 해도 그는 납치 주모자의 충성스러운 수하였었다.

하지만 뒷목에 독침을 맞은 순간 그는 자신이 소모품으로 이용만 당하고서 버려졌다는 사실 외에는 아무것도 생각나지 않았다.

자신이 목숨을 다해서 충성을 바치던 상전으로부터 배신을 당했으며, 충성의 대가가 헌신짝처럼 버려져서 비참한 죽음을 당하는 것이라는 사실만 머릿속을 가득 채웠을 뿐이다.

그리고 그다음에 찾아든 것이 가슴속에서 활활 타오르는 원한과 복수였다.

하지만 그는 자신에게 복수를 할 기회가 절대로 없다는 사실을 알고 있었다.

살 수만 있다면, 그래서 복수를 할 수만 있으면 그 어떤 대가를 치러도 좋다는 생각을 했었다.

하지만 자신 같은 하찮은 인간에게 그런 기적은 일어나지 않을 것이라는 생각도 아울러서 했다.

그랬던 그를 기개세가 살려냈다. 그 후에 기개세는 그에게 아무것도 물을 필요가 없었다. 그 스스로 자신이 아는 것들을 모조리 쏟아냈기 때문이다.

그의 이름은 진강이다. 과거 남궁세가 내에서 가장 작은 조직인 분검대의 대주라는 지위였었다.

진강은 더 많은 이야기를 해주려고 했으나 기개세는 급히 그를 데리고 이곳으로 왔다. 그보다 더 급한 것이 이곳에 있었기 때문이다.

 중원정군 휘하 제일부 천여 명은 대연무장에 집결한 지 한 시진 반 만에야 비로소 자신들이 그곳에 모인 이유를 알게 되었다.
 정군대전주가 돌계단 위에 나타나더니 오늘 밤의 집결은 유사시에 얼마나 빨리 집결하는지를 시험하는 일종의 '훈련'이라고 말하고는 모두 해산시켰다.
 한밤중에 천여 명을 한 시진 반 동안이나 대연무장에 세워둔 이유치고는 어이없는 것이었으나, 듣고 보면 그럴듯한 이유이기도 했다.
 천여 명은 웅성거리면서 모두들 뿔뿔이 흩어져 각자의 거처로 돌아갔다.
 그러나 그 와중에 꽤 많은 인원이 쥐도 새도 모르게 천검사무영대와 불도고수들에게 제압되어 어디론가 끌려갔다.
 끌려간 자들의 수는 이백여 명에 달했다. 하지만 그 수는 점점 더 불어났다.
 처음에 끌려간 자들이 자신들의 동료가 누구누군지 술술 실토했기 때문이다.
 물론 그들이 쉽게 실토를 한 것은 아니다.
 아미가 천신기혼으로 그들의 뇌를 제압했기 때문에 가능

한 일이었다.
 부당주는 제일 먼저 제압되어 끌려갔다. 직후 그는 기개세에게 심지가 제압되어 자신이 알고 있는 사실들을 술술 털어놓아야 했다.

第百二十七章

비겁한 투사

대사부

금상단(金商團)은 남경성 내에서도 다섯 손가락 안에 꼽히는 규모가 꽤 큰 상단이다.

천검신문은 남경성에 본거지를 두고 있는 다섯 개 대상단, 즉 남경오상(南京五商)에게는 천신국 외의 지역하고도 교역을 할 수 있도록 특별히 허락하였다.

천신국 내의 각 지역에서는 백성들이 생활하는 데 필요한 거의 모든 종류의 산물들이 생산되고 있다.

그렇기 때문에 남경오상의 타 지역과의 교역을 중지시켜도 백성들이 크게 불편하지는 않았다.

하지만 타 지역에서 들여오는 각종 산물들은 백성들의 생활을 더욱 윤택하고 풍요롭게 만들어준다.

올제국도 남경오상의 타 지역과의 교역을 지금까지는 제지하지 않고 별다른 위해를 가하지도 않고 있다.

그런 이유로 남경오상은 천신국 내에서 유일하게 타 지역을 마음대로 왕래할 수 있는 특권을 누리고 있었다.

자정이 다 된 시각에 금상단 남경성 총단에 한 떼의 무리가 들어서고 있었다.

멀리 호남성에서 그곳의 특산물을 이십여 대의 수레에 잔뜩 싣고 돌아온 금상단의 교역 행렬이다.

행렬을 호위하는 호위무사 이십여 명과 상단의 일꾼인 상수(商手)들 삼십여 명, 행렬을 지휘하는 상수장(商手長)과 행주(行主)가 다섯 명, 도합 오십오륙 명으로 이루어진 중급 규모의 상단이다.

다섯 행주의 지휘로 상수들이 일사불란하게 수레에서 짐을 내리는 사이에 호위무사들은 지친 몸을 이끌고 자신들의 숙소로 향했다.

그때 상수장이 호위무사 끄트머리에서 따르고 있는 두 명의 호위무사에게 다가와 넌지시 속삭였다.

"일단 호위소(護衛所)에서 쉬고 있으면 내가 귀하들이 왔다는 사실을 총단주께 보고하겠소."

두 명의 호위무사가 알았다는 듯 묵묵히 고개를 끄덕이자 상수장은 상수들에게 뭐라고 소리치면서 수레 쪽으로 휘적휘적 걸어갔다.

"이리 오시오. 호위소로 안내하겠소."

옆에서 기다리고 있던 호위무사 한 명이 두 명의 호위무사에게 말하고 앞서 걸었다.

뒤따르는 두 명의 호위무사는 입을 꾹 다문 채 걸어갔다.

상수장이나 지금 길을 안내하고 있는 호위무사는 이 두 명의 낯선 호위무사가 누군지 모른다.

구태여 알 필요도 없다. 그저 위에서 시키는 대로 따르기만 하면 그만이다.

세상의 일이라는 것들은 알게 되면 골치가 아파지는 것이 대부분이다.

모르는 게 제일 속 편하다. 다만 호기심이라는 것이 사람을 가만히 내버려 두지 않는다. 그것만 극복하면 세상은 꽤나 살 만한 곳이다.

두 낯선 사내는 금상단 호위무사 복장을 하고 있으나 사실은 호위무사가 아니다.

다른 호위무사들은 숙소로 가는 도중에 쓰고 있던 방갓을 다 벗었지만 이들 두 명은 여전히 깊숙이 눌러쓰고 있어서 얼굴이 보이지 않는다.

특이한 점이 있다면 두 명 중 한 명의 왼팔 소매가 팔꿈치 아래에서 헐렁하다는 것 정도다.

"저기가 숙소요. 나는 술을 가지러 식당에 가야 하니까 귀하들은 숙소 이층에 아무 빈방이나 골라서 들어가시오."

앞선 호위무사가 저만치 담 가까이에 보이는 이층의 평범한 전각을 가리키면서 말하더니 어둠 속으로 걸어갔다.

두 사람은 멀어지는 호위무사를 잠시 쳐다보다가 숙소를 향해 걸어갔다.

이들은 남경성에 잠입하기 위해서 금상단 호위무사로 위장을 했다.

마음먹고 잠입하려면 못할 것도 없지만, 이렇게 쉬운 방법을 놔두고 일부러 힘들게 잠입할 필요가 없다.

두 사람은 한 가지 임무를 띠고 이곳에 왔다. 금상단에서 누군가와 은밀하게 접선을 하여 물건을 건네받은 후 그 물건을 내일 새벽에 출발하는 상단의 수레에 은닉하고 떠나면 되는 일이다.

숙소인 호위소 이층은 절반 이상이 비어 있어서 두 사람은 그중 가장 막다른 방으로 들어갔다.

호위소는 일층과 이층이 똑같은 구조인데, 길게 낭하가 뻗어 있고 그 옆에 방들이 일렬로 길게 늘어서 있다.

두 사람이 다른 방들을 놔두고 막다른 방을 선택한 데에는 그만한 이유가 있다.

만약 무슨 일이 생기면, 즉 신변에 위험이 닥칠 경우에 막다른 방이 입구에서부터 가장 멀고 또 담과 가깝기 때문에 탈출하기가 용이하기 때문이다.

실내에 들어선 두 사람은 방 안을 세심하게 살피고 이상이 없다는 사실을 확인하고 나서야 쓰고 있던 방갓을 벗어 탁자에 내려놓았다.

이윽고 드러난 두 사람의 모습은 다름 아닌 패가수와 남궁산이다.

북경성에 있어야 할 이들이 이곳 남경성 한복판에 느닷없이 나타난 것이다.

패가수는 침상으로 걸어가더니 벌렁 누웠다. 이어서 두 팔을 머리 뒤로 돌려 깍지를 끼고 눈을 감았다.

남궁산은 패가수를 물끄러미 쳐다보았다. 패가수는 이곳까지 오는 동안 거의 말을 하지 않았다. 아니, 낙양대전 이후 말을 잃어버린 사람 같았다.

"형님, 어디 불편하십니까?"

남궁산은 염려스러운 얼굴로 패가수를 쳐다보며 물었다.

지난 일 년여 동안 패가수는 북경성의 자신의 거처에서 두문불출하며 무공 연마에만 몰두했었다.

그가 만나는 사람은 오직 남궁산뿐이다. 그는 자신의 주위에 높은 벽을 치고 모든 사람들과 단절하려 들었으나, 그럴수록 남궁산하고는 더 친밀해졌다.

그러는 와중에 남궁산은 패가수를 형님이라고 부르게 되었다. 호칭은 두 사람을 더욱 가까운 사이로 만들었다.

"나는 괜찮다."

패가수는 귀찮은 듯 돌아누웠다.

남궁산은 그가 왜 그러는지 짐작하고 있었다. 그는 이번 임무를 못마땅하게 여기고 있다. 하지만 형 이반의 명령이기 때문에 거역할 수가 없다.

이반은 패가수에게 남경성에서 두 사람을 몰래 데리고 나오라고 명령했다.

한 사람은 천신국에서 대명국 황제로 즉위하려던 주명옥이고, 또 한 사람은 천검신문 태문주의 태어난 지 반년밖에 안 된 어린 아들이다.

이곳 남경성에서 사결단이라는 세력을 구축하고 있는 남궁세가 대검대주 양림은 얼마 전에 이반에게 은밀히 밀서를 보낸 적이 있다.

밀서에는 양림이 이끄는 사결단이 실행할 거사의 자세한 내용과 날짜, 그리고 납치한 두 사람을 데려갈 누군가를 보내달라고 적혀 있었다.

그 날짜가 바로 오늘이고, 패가수와 남궁산이 일체 수하들을 거느리지 않고 단둘이 도착한 것이다.

패가수는 남경성으로 오는 내내 극도로 침울한 얼굴로 입을 굳게 다물고 있었지만, 남궁산은 그가 왜 그러는지 충분히 짐작할 수 있었다.

패가수는 누구를 납치하고 그것을 미끼로 삼는 행위를 '비열한 짓'이라고 생각하는 것이다.

특히 갓난아기의 경우를 더더욱 견디기 어려워하는 것이다.

그는 정정당당한 전쟁과 싸움을 원한다. 이런 비열한 짓은 죽기보다 싫어한다.

하지만 남궁산의 생각은 다르다. 전쟁은 그 자체로 이미 잔인하고 비열한 행위다.

그리고 승리를 위해서라면 어떠한 수단과 방법을 다 동원하더라도 상관이 없다.

더구나 남궁산은 지독한 원한을 품고 있다. 그것을 풀기 위해서라면 갓난아기를 납치하는 것뿐만 아니라 그보다 더한 짓이라도 서슴지 않고 행할 수가 있었다.

패가수는 근본적으로 뼛속까지 선한 사람이다. 그러나 남궁산은 악인이 아니라 보통 사람이다.

똑똑.

그때 누군가 방문을 두드렸다.
남궁산이 문을 여니 조금 전에 숙소를 안내해 준 호위무사가 술병 하나와 건육이 담긴 그릇 하나를 내밀며 사람 좋게 웃어 보였다.
"허허! 노독에는 이게 최고요."
"고맙소."
남궁산이 물건을 받아 들고 돌아서니 일어났던 패가수가 다시 눕고 있다.
남궁산은 술병을 탁자에 내려놓고 침상으로 다가가서 패가수의 팔을 잡고 일으켰다.
"형님, 한잔합시다."
패가수가 이 같은 친근한 행동에 약하다는 것을 잘 알고 있는 남궁산이다.
과연 패가수는 표정이 변하더니 피식 웃으면서 탁자로 다가와 의자에 앉았다.
그렇지만 술을 마시는 동안 패가수는 한마디도 하지 않았고, 남궁산만 이것저것 쓸데없는 소리를 늘어놓았다. 어떻게든 패가수의 기분을 풀어주려는 의도에서다.
그래도 남궁산은 이번 임무에 대한 말은 한마디도 하지 않고 있었다.
괜히 패가수의 불편한 심기를 건드릴까 봐 자제하고 있는 것이다.

그때 패가수가 방문 쪽을 쳐다보았다. 누군가 이쪽으로 오고 있는 기척을 감지한 것이다.

잠시 후에 남궁산도 기척을 감지했다. 그는 오늘 밤에 이곳에서 만나기로 한 사람이 오는 것이라고 여겼다.

척!

열 호흡쯤 지났을 때 방문이 열렸다. 그리고 대검대주 양림과 지곤이 들어섰다.

양림은 품에 강보에 싸인 자그마한 물체를 안았고, 지곤은 헝겊에 싼 큼직한 물체를 어깨에 메고 있었다.

남궁산을 발견한 양림은 얼굴 가득 더할 수 없는 반가운 표정이 떠올랐다.

남궁산도 양림이 반가운 나머지 가슴에서 뭔가 울컥하고 치밀어 올랐다.

두 사람은 이 년여 전에 개봉성에서 헤어진 후 지금 처음 만나는 것이다.

남궁산은 양림과 지곤을 차례로 보면서 부드러운 미소를 지으며 미미하게 고개를 끄덕였다.

양림과 지곤의 시선이 남궁산의 헐렁한 왼팔 소매로 향하더니 침통한 표정으로 변했다.

남궁산은 두 사람에게 눈짓을 보냈다. 어서 패가수에게 인사를 하라는 뜻이다.

[대공.]

양림이 전음으로 말하며 공손히 허리를 굽히자 지곤도 따라서 했다.

'흑!'

그러나 양림과 지곤은 움찔 놀라며 속으로 헛바람을 터뜨렸다. 패가수가 싸늘한 시선으로 쏘아보고 있었기 때문이다.

하지만 두 사람은 패가수가 왜 그러는지 영문을 모른다. 칭찬은커녕 쏘아보다니, 이해할 수 없는 상황이다.

[물건을 넘기고 어서 가라.]

그때 남궁산이 빠른 어조로 전음을 보냈다.

그 말에 양림과 지곤은 퍼뜩 정신을 차리고 각기 강보와 헝겊 뭉치를 바닥에 내려놓았다.

남궁산이 헝겊과 강보를 펼치자 혼혈이 제압된 주명옥과 방글방글 웃고 있는 어린 아기 기무룡의 모습이 드러났다.

패가수와 남궁산의 시선이 동시에 기무룡에게 꽂혔다.

기무룡은 흡사 솜씨 좋은 장인이 백옥을 빚어서 정성껏 만든 것처럼 희고 뽀얀 살결을 지녔으며 한 송이 모란꽃이 피어 있는 듯이 아름다웠다.

더구나 울음을 터뜨릴 경우를 대비해서 아혈을 제압해 놓았는데도 더없이 사랑스럽게 방글방글 웃으면서 패가수와 남궁산을 바라보며 앙증맞은 두 손을 꼬물거렸다.

패가수는 홀린 듯한 표정으로 기무룡을 굽어보았다. 그도 언젠가 혼인을 하여 아기를 낳는다면 이 아이처럼 어여쁜 아기를 낳고 싶다는 생각이 문득 들었다.

그러나 곧 그의 얼굴이 보기 싫게 일그러졌다. 지금 이 어린 아기는 납치되어 온 것이다.

그리고 자신은 이 어린 아기를 부모로부터 더욱 먼 곳으로 떼어놓으려 하고 있다.

'빌어먹을······.'

패가수의 얼굴이 더욱 참담하게 일그러졌다.

그의 얼굴을 힐끗 본 남궁산은 즉시 기무룡과 주명옥을 원래대로 강보와 헝겊에 싼 뒤 양림과 지곤더러 나가라는 손짓을 했다.

양림과 지곤은 남궁산을 물끄러미 응시하다가 공손히 허리를 굽혔다.

남궁산은 일렁이는 눈빛으로 두 사람의 어깨를 짚었다.

[우리는 머지않아서 다시 만나게 될 것이다. 그때는 본 가가 당당하게 우뚝 선 세상이 되어 있겠지.]

양림과 지곤이 나간 후 남궁산은 기무룡과 주명옥을 방 한쪽에 펼쳐 놓은 병풍 뒤에 감추었다.

새벽에 출발하는 상단의 짐은 인시(寅時:새벽 4시)에 수레에 실으니까 그때 데리고 나가면 된다.

 상수장이 기무룡과 주명옥을 수레에 실을 자리를 알아서 마련해 줄 테니 그 또한 염려하지 않아도 된다.

 그렇게 해서 천신국 접경 지역만 벗어나면 되니까 납치는 거의 성공한 것이나 다름이 없다.

 어린 아기는 자주 젖을 먹여야 하는데 기무룡에게는 아무 것도 먹이지 않는 것이 좀 마음에 걸리긴 하지만, 지금으로선 어쩔 수가 없다.

 접경 지역 밖에 아기에게 젖을 먹일 유모가 대기하고 있으니 그곳까지 가는 동안 아기에게 별일이 없기를 비는 수밖에 없다.

 남궁산은 혼자 탁자 앞에 앉아서 남은 술병을 비우고 있고, 패가수는 침상에 누워 지그시 눈을 감고 있다. 하지만 그가 자고 있지 않다는 것을 남궁산은 알고 있었다.

 그때 패가수가 갑자기 벌떡 일어나 침상에서 내려왔다.

 막 술잔을 입으로 가져가던 남궁산은 가볍게 놀라 그를 쳐다보았다.

 패가수의 얼굴에 긴장감이 흐르고 눈빛은 더없이 날카롭게 변해 있었다. 그것은 무언가 좋지 않은 것을 감지했을 때의 표정이다.

남궁산은 공력을 끌어올려 기척을 살폈으나 아무것도 감지하지 못했다.

그러나 잠시 후에 그는 아주 흐릿한 기척을 감지했다. 하지만 무언가 산들바람 같은 것이 미약하게 불고 있는 듯한 느낌이라서 사람의 기척이라고는 여겨지지 않았다.

'대체 뭐기에……'

[침입자다. 수백 명이다.]

남궁산이 의아한 표정을 지으면서 고개를 갸웃거리는데 패가수가 불쑥 전음을 보냈다.

'침입자가 수백 명씩이나?'

남궁산은 움찔 놀라 벌떡 일어섰다. 찰나지간에 머릿속에서 온갖 불길한 생각들이 명멸했다.

그러나 도래할 수 있는 온갖 불길한 것들 중에서 오직 한 가지만 아니면 된다.

그러면 충분히 헤쳐 나갈 수 있다. 불길한 한 가지, 태문주가 출현한 것만 아니라면 말이다.

남궁산은 초조한 얼굴로 패가수를 쳐다보았다.

[어떻게 합니까?]

패가수는 착잡한 표정으로 서 있을 뿐 대답하지 않았다.

남궁산은 지금 이런 상황에서는 패가수의 결정을 기다릴 여유가 없다고 판단했다.

그는 즉시 병풍 뒤에서 강보와 헝겊에 싼 기무룡과 주명옥을 양팔에 안고 나와서 기무룡을 패가수에게 건네주었다.

[형님, 갑시다.]

아닌 밤중에 금상단에 침입자들이 수백 명이나 들이닥칠 리가 없다.

백 번 양보해서 생각을 해봐도 기무룡과 주명옥을 납치한 일이 잘못된 것이 틀림없다.

설마 아니겠지 하는 한 가닥 희망을 걸고 있다가는 일이 닥치고 나서 땅을 치며 후회하게 된다.

희망은 무력함의 산물이다. 그러므로 희망을 기대하는 것은 패배자들이나 하는 짓이다.

[이렇게 된 이상 새벽에 상단과 함께 출발하는 것은 물거품이 됐습니다. 우리끼리 이곳을 탈출합시다.]

남궁산이 극도로 긴장된 표정을 지으며 방문으로 가면서 말하자 패가수는 안고 있는 강보를 굽어보았다.

남궁산은 방문을 살짝 열고 낭하의 왼쪽을 쳐다보았다. 이곳은 막다른 방이라서 왼쪽만 확인하면 된다.

다행히 아무도 보이지 않는다. 침입자들은 호위무사의 숙소 따위는 별로 신경을 쓰지 않는 듯했다.

전방을 쳐다보았다. 낭하에서 담까지는 불과 삼 장 남짓의 거리다.

한 번에 건너뛰어서 담 밖에 내려서기만 하면 탈출 일 단계는 성공이다.

남궁산은 주명옥을 어깨에 메고는 방문 밖으로 살쾡이처럼 기민하게 나섰다.

패가수가 뒤따라오는지 뒤돌아볼 필요는 없다. 그는 분명히 뒤따라올 것이다.

그는 한 번 결정된 일을 갖고 우물쭈물하는 성격이 절대로 아니다.

더구나 이곳에서 적들과 부딪쳐서 좋을 게 없다. 득은 하나도 없고 전부를 잃게 될 테니까.

슛—

남궁산이 먼저 낭하를 박차고 담으로 도약했는데, 날아가는 도중에 패가수가 그를 앞질렀다.

남궁산이 힐끗 쳐다보자 패가수는 왼팔로 강보를 소중하게 품 안에 안고 있었다.

'이제 됐다. 형님과 내 실력이라면 천신국을 빠져나가는 것쯤은 어렵지······.'

남궁산은 담이 가까워지자 내심 안도를 하며 중얼거리다가 어느 순간 움찔했다.

사아아······.

담 밖에서 하얀 인영들이 눈을 의심할 정도의 빠른 속도로 솟구쳐 오르고 있는 광경을 발견한 것이다.

그들은 좌에서 우 십여 장 길이를 반 장 간격을 두고 솟구치고 있는 중이다.

느닷없이 담 밖에서 솟구친 것을 보면 그곳에서 대기하고 있었던 것 같다.

하지만 처음부터 패가수와 남궁산의 존재 같은 것은 모르고 있었을 것이다. 다만 포위망을 구축하고 있었을 뿐.

담을 향해 날아가고 있는 패가수와 남궁산에게서 하얀 인영들까지의 거리는 불과 일 장 남짓뿐이다.

스으.

순간 패가수와 남궁산은 동시에 급격하게 위로 상승했다. 하얀 인영들 머리 위를 날아 넘으려는 의도다.

사아아.

그러나 두 사람은 뜻을 이루지 못했다. 담 위로 솟아오른 하얀 인영들 뒤쪽에서 또 다른 하얀 인영들이 위로 솟아올라 두 사람의 진로를 가로막았기 때문이다.

패가수와 남궁산은 하얀 인영들과 너무 가까워져서 더 이상 위로 솟구칠 수도 없는 상황이다.

만약 두 사람이 한 번 더 위로 솟구친다면, 하얀 인영들 뒤에서 또 다른 하얀 인영들이 솟구쳐 오를 것 같다는 예감이 들었다.

순간 패가수와 남궁산는 아차 했다. 하얀 인영들 머리 위로 날아 넘어서 탈출한다는 생각만 했지, 또다시 가로막혀서 그들과의 거리가 너무 가까워질 것이라는 생각은 하지 않았던 것이다.

만약 지금 하얀 인영들이 공격을 퍼붓는다면 두 사람은 낭패를 당할 것이 분명하다.

그런데 이상하게도 하얀 인영들은 패가수와 남궁산을 가로막기만 할 뿐 공격은 하지 않았다.

스으읏!

그 순간 패가수와 남궁산은 번쩍 뒤로 신형을 날려 순식간에 이 장여나 물러났다.

쾌속하게 쏘아가다가 급히 정지하고 같은 순간에 뒤로 날아가는 그런 수법은 그들의 무위가 절정에 달했기에 가능한 것이다.

스스스······.

그때 담 위에 켜켜이 벽을 형성하고 있던 하얀 인영들이 마치 어둠을 몰아내는 아침의 햇빛처럼 패가수와 남궁산을 향해 스르르 다가왔다.

두 사람은 하얀 인영들의 일거수일투족이 범상하지 않음을 이미 간파한 상태다.

하얀 인영들은 밤에 행동하는데도 불구하고 눈처럼 흰 백의를 입었다.

 그렇다는 것은 그만큼 무위에 자신이 있다는 것이고, 정정당당하다는 것이며, 숨어야 할 이유가 없다는 뜻이다. 즉, 천검신문의 휘하 고수일 것이다.

 하얀 인영들, 즉 천불지도 불도고수의 수는 정확하게 삼십 명이다.

 패가수와 남궁산은 백의인들과 일단 싸움이 붙으면 자신들이 패하지는 않을 것이라고 생각했으나 지금은 그러고 있을 여유가 없었다.

 일단은 피하는 것이 상책이다. 쥐가 쥐덫 안에서 싸워봤자 결국은 자승자박일 뿐이다.

 슈우―!

 돌연 패가수와 남궁산은 오른쪽으로 달리기 시작했다.

 달리면서 힐끗 뒤돌아보니 백의인들이 집요하게 추격하고 있었다.

 패가수는 이번에는 담 쪽을 쳐다보다가 눈빛이 흔들렸다.

 그가 지나치고 있는 담 밖에서 예의 백의인들이 속속 솟구쳐 오르고 있었다.

 이런 상황이라면 이쪽 담을 넘어서 탈출하는 것은 불가능하다. 다른 방도를 모색해야만 한다.

 패가수가 다시 한 번 뒤돌아보니까 다행히 백의인들하고

의 거리가 조금씩 멀어지기 시작했다. 탈출을 하려면 저들을 따돌리는 것이 급선무다.

쉬이익!

두 사람은 한줄기 바람처럼 빠르게 어느 전각의 모퉁이를 돌아 나갔다.

"……!"

"억!"

다음 순간 두 사람은 그 자리에서 온몸이 얼어붙어 버리고 말았다.

두 사람의 앞쪽은 드넓은 광장인데 그곳에 일단의 무리들이 모여 있었다.

패가수와 남궁산의 시선이 마치 화살이 날아가서 꽂히듯 한 인물에게 고정되었다.

그리고 두 사람의 만면에는 동시에 혼비백산하는 경악이 가득 떠올랐다.

'태문주!'

그렇다. 다섯 명의 여자와 최측근들에게 둘러싸인 채 마치 천신처럼 우뚝 서 있는 백의경장인은 다름 아닌 천검신문의 태문주 기개세였다.

탈출을 한다는 것이 어떻게 범의 아가리 속으로 들어왔단 말인가.

"최… 악이다……."

남궁산의 부들부들 떨리는 입술 사이로 그런 중얼거림이 새어나왔다.

더구나 두 사람은 모퉁이를 돌아 나온 직후에 너무 놀라서 경공을 거두는 것조차 잊어버렸다.

그 탓에 공포의 대상인 태문주 삼 장 근처에 이르러서야 겨우 신형을 멈추었다.

기개세는 이곳 광장에서 패가수와 남궁산이 오기를 기다리고 있었다. 아니, 아들 기무룡을 기다리고 있었다는 설명이 옳다.

그는 중원정군 제일부 칠당의 부당주를 심문하여 양림과 지곤이 기무룡과 주명옥을 데리고 이곳 금상단으로 갔다는 정보를 알아냈었다.

이어서 그는 금상단에 가까이 접근했을 때 기무룡의 숨소리를 감지해 냈다.

그러나 기무룡을 데리고 있는 자가 아들을 해칠지도 모르기 때문에 공격을 하지 않았다.

그 대신 그자가 움직이기 시작하면 포위하여 이곳 광장으로 몰고 오도록 불도고수들에게 명령을 내려두었다.

과연 그의 계획대로 기무룡과 주명옥을 데리고 있는 자들이 이곳에 나타났다.

하지만 그자들이 패가수와 남궁산일 줄은 전혀 예상하지 못한 일이었다.

그런 거물들이 여기까지 왔다는 사실은 두어 가지 사실을 방증하고 있다.

기무룡과 주명옥을 납치하는 일이 남궁세가의 잔존 세력들이 독단으로 벌인 일이 아니라는 것.

이 사건의 배후자가 북경성의 태자 이반이라는 것.

태자 이반은 기무룡과 주명옥을 확보하여 그들을 미끼로 대대적인 반전을 꾀하고 있다는 것 등이다.

패가수는 기개세를 발견한 그 순간부터 두 발이 땅에 뿌리가 내린 듯 꼼짝도 하지 않고 얼어붙은 듯 기개세를 똑바로 주시하고 있었다.

번갯불이 머리와 심장을 동시에 관통한 듯 한동안 아무 생각도 나지 않았고 아무런 느낌도 들지 않았다.

남궁산의 반응은 그보다 더 눈에 띄었다. 그는 온몸을 격렬하게 부들부들 떨면서 기개세를 쳐다보고 있었다.

공포 때문만은 아니다. 기개세에 대한 원한과 증오까지 한꺼번에 그의 사고를 지배했다. 무서움과 죽이고 싶은 살의가 뒤범벅되어 그를 휘몰아쳤다.

문득 남궁산은 기개세로부터 약간 떨어진 곳 땅바닥에 무릎이 꿇려 있는 두 사람을 발견하고 눈을 부릅떴다.

그 두 사람은 양림과 지곤이다. 그들은 남궁산을 만나 기무룡과 주명옥을 건네주고 나간 직후 천검신문 고수들에게 제압된 것이 분명했다.

남궁산과 시선이 마주치자 양림과 지곤은 더할 수 없이 죄스러운 표정을 지었다.

그들은 자결하고 싶은 마음이 굴뚝같았으나 아혈이 제압된 상태라서 그럴 수도 없다.

기개세는 패가수가 품에 안고 있는 강보를 똑바로 주시하고 있었다.

아들을 이곳까지 데리고 오도록 하는 것은 성공했으나 문제는 지금부터다.

패가수 수중에 있는 아들을 어떻게 하면 무사히 돌려받느냐는 것이다.

기개세가 패가수를 죽이거나 제압하는 것은 그리 어렵지 않은 일이다.

하지만 위험을 느낀 패가수가 기무룡을 죽이는 일은 그보다 더 간단한 일이다.

남궁산은 천천히 조심스럽게 주위를 둘러보았다. 칠팔 장의 거리를 두고 아까의 백의인들 백여 명과 또 다른 천검신문 고수들 이백여 명이 포위망을 형성하고 있는 광경이 눈에 띄었다.

이런 상황에서는 설사 패가수와 남궁산에게 날개가 달렸다고 해도 빠져나가지 못할 터이다.

남궁산은 힐끗 패가수를 쳐다보았다. 아니, 그의 품에 안겨 있는 강보를 쳐다보았다.

'태문주의 아들이 우리 손에 있는 한 우릴 함부로 공격하지는 못할 것이다.'

방금까지도 까마득한 벼랑 끝에 서 있는 듯한 표정을 짓고 있던 남궁산의 눈이 번들거렸다.

'여차 하는 순간 아들놈을 죽여 버릴 테다. 흐흐… 태문주가 보는 앞에서 아들을 죽이는 것도 멋진 복수가 되겠지.'

소중한 사람을 잃는다는 것이 어떤 고통인지 태문주에게 맛보여 주고 싶다는 생각이 남궁산의 가슴속에서 꿈틀거렸다.

그로 인해서 자신이 죽는 것쯤은 충분히 감수할 수 있다는 심정이다.

第百二十八章

꿩과 오리

대사부
大夫

기개세 옆에 서 있는 독고비는 패가수가 안고 있는 강보에서 눈을 떼지 못했다.
　그녀는 초조함과 불안이 극에 달한 상태에서 소리없이 눈물만 흘렸다.
　기개세는 굳은 얼굴로 패가수를 똑바로 주시하면서 이윽고 입을 열었다.
　"패가수, 너의 방식이라는 것이 이처럼 어린 아기를 납치하여 미끼로 삼는 비열한 짓이었나?"
　패가수의 눈썹이 꿈틀했다. 하지만 그는 입이 열 개라도 할 말이 없었다.

 지금 상황이 변명으로 통할 리가 없다. 또한 그는 변명 따위를 할 생각이 추호도 없었다.

 "지난번에는 내 아내들을 납치하려다가 실패하고는 이제 다시 아들을 납치하려 들다니, 금수만도 못한 놈이로구나."

 기개세의 한마디 한마디는 패가수의 영혼을 갈가리 찢어발기고 있었다.

 지금 기개세는 기회를 엿보고 있는 중이다. 아들이 패가수의 수중에서 찰나지간 벗어나기만 하면 그 즉시 공격을 가해 그를 제압하려는 것이다.

 하지만 자신들의 목숨이 걸려 있는 기무룡을 소홀하게 다룰 패가수가 아닐 터이다.

 그러므로 기개세에겐 그를 공격할 기회가 여간해서는 찾아오지 않을 것이다.

 그때 남궁산이 으스스한 표정을 지으며 이죽거리듯이 말문을 열었다.

 "흐흐흐… 한 가지만 말해두지."

 그는 강보를 가리키며 더욱 잔인하게 웃었다.

 "크흐흐흐… 나는 이 아기를 죽이는 것도 너에 대한 멋진 복수라고 생각한다."

 기개세와 독고비를 비롯한 측근들의 표정이 급변했다.

그들은 남궁산의 말이 결코 협박만이 아니라는 것을 똑똑하게 느꼈다.

굳이 그의 잔인한 표정이 아니더라도, 그는 충분히 그러고도 남을 인간이었다.

"케헤헷! 한번 시험해 봐라. 지금 나는 태문주의 아들놈을 죽이고 싶어서 안달이 났으니까 말이다."

남궁산은 득의한 얼굴로 어깨를 들썩이며 괴이한 웃음을 터뜨렸다.

독고비의 얼굴이 절망으로 물들었다. 그녀가 보기에 남궁산은 자신의 목숨을 구하는 일에는 별로 관심이 없고 기무룡을 죽이는 것에 집착하고 있는 것 같았다.

말하자면 지금 남궁산은 미치광이가 되어가고 있는 것이다. 오히려 협박을 하는 쪽이 안전하다. 미치광이한테는 어떻게 해볼 재간이 없다.

이와 같은 상황에서 아들을 구하는 일은 거의 불가능하게만 여겨졌다.

바로 그때 모두를 경악하게 만드는 일이 눈앞에서 벌어졌다.

휙!

묵묵히 서 있던 패가수가 갑자기 품에 안고 있던 강보를 기개세를 향해 던진 것이다. 그 누구도 예상하지 못했던, 아니,

예상할 수 없었던 일이다.

"안 돼!"

그걸 보고 소스라치게 놀란 남궁산이 피를 토하듯 부르짖으며 강보를 향해 손을 뻗었다.

그러나 공력으로 끌어당기기에는 강보가 너무 멀리 날아가고 있었다.

파앗!

강보를 낚아채려던 마음을 순간적으로 바꾼 남궁산은 강보를 향해 다급히 일장을 뿜어냈다.

아기가 일장에 적중되면 허공중에서 산산조각 나며 살과 뼈, 내장과 피가 사방으로 흩어질 것이다. 그렇다면 이것은 이것대로 볼만한 장면이 될 터이다.

"그만둬!"

콱!

순간 패가수가 버럭 소리치면서 남궁산의 팔을 거세게 움켜잡았다. 남궁산으로서는 예상하지 못했던 일이다. 그 순간 강보를 향해 발출한 일장은 이미 사라졌다.

"으으… 형님, 어째서……."

팔을 움켜잡은 힘이 너무 강해서 남궁산은 팔이 부러질 듯한 고통을 느꼈다.

그러나 남궁산은 패가수의 얼굴에 더할 수 없는 분노가 떠오르고 두 눈에서 이글거리는 불길이 뿜어지는 것을 발견하고는 구태여 그의 대답을 들을 필요가 없었다.

강보는 마치 유유히 흐르는 구름을 탄 듯 부드럽게 기개세를 향해 날아가서 그의 품에 안겼다.

패가수가 쏜살같이 던졌기 때문에 혹시 아기가 놀랄까 봐 기개세가 천신기혼을 발출하여 속도를 늦추는 동시에 강보 둘레에 보호막을 설치한 것이다.

물론 남궁산이 발출한 일장은 아기의 털끝조차 건드리지 못했을 것이다.

그보다 더 빠르게 기개세가 남궁산을 죽일 수 있었으니까 말이다. 결과적으로 패가수가 남궁산을 살린 셈이 됐다.

하지만 패가수의 돌연한 행동에 기개세마저도 적잖이 놀라고 말았다.

그런데 그는 곧 패가수가 왜 그런 행동을 했는지 이유를 알게 되었다.

패가수가 남궁산의 팔을 움켜잡은 행동과, 무섭게 일그러진 표정과, 그리고 남궁산을 당장 쳐 죽이기라도 할 듯 이글거리는 눈빛이 그 이유다.

'저자가……'

기개세는 패가수의 진심을 알아차렸다. 그는 기개세의 아기를 납치하는 것을 애당초 원하지 않았던 것이다.

꿩과 오리 87

아니, 누구의 아기였더라도 그런 짓 자체를 증오하고 있는 것이 분명했다.

고로, 이 일은 패가수가 꾸민 것이 아니다. 그를 움직이게 한 자는 그보다 지위가 높은 자일 것이다.

역시 예상했던 대로 태자 이반이다.

패가수는 남궁산의 팔을 놓고 기개세를 향해 두 발을 넓게 벌리며 우뚝 섰다.

"자, 이제 제대로 싸워보자."

기무룡이라는 약점을 잡지 않고 기개세와 싸우게 되면 자신이 패할 것을 뻔히 알면서도 싸우자는 것이다. 이런 것이 바로 사나이의 기개다.

기개세는 강보를 열고 안을 확인했다. 기다렸다는 듯이 어린 기무룡이 방글방글 웃으면서 눈을 맞추어왔다.

기개세는 빙그레 미소 지으며 아기의 뺨을 어루만져 주고는 독고비에게 건네주었다.

그가 쳐다보자 패가수는 오른손을 들어 어깨에 멘 검을 잡고 뽑을 태세를 하고 있었다.

그의 얼굴은 무표정했다. 하지만 기개세는 그가 죽을 각오를 하고 있다는 것을 깨달았다.

기개세는 그를 보며 담담히 말했다.

"패가수, 너는 그만 가보도록 해라."

"……."

패가수는 느닷없는 말에 움찔 표정이 변했다.

"무슨 소리냐?"

"내 아들을 고이 돌려보내 준 것에 대한 보답이다."

담담하게 미소 짓고 있는 기개세의 얼굴에는 진심이 역력하게 떠올랐다.

"나는……."

패가수의 표정이 복잡하게 변했다. 그는 기개세가 설마 그렇게 말할 줄은 조금도 예상하지 못했다.

"이것은… 동정이다. 아기를 미끼로 협박하려고 한 것이나 아기를 돌려줬다는 보답으로 목숨을 건지는 것이나 다를 바가 없다."

그의 말은 애당초 아기 같은 것은 없는 것으로 여기고 사내답게 싸우자는 뜻이다.

그러나 그것이 또다시 기개세의 마음을 움직였다. 그는 패가수와 싸우게 되는 일이 있더라도 오늘은 절대 아니라고 생각했다. 진정한 사내에게는 그에 걸맞은 예우를 해주는 것이 마땅하다.

기개세는 넌지시 충고하듯 말했다.

"사내라면 죽을 곳을 잘 골라야 한다. 여긴 네가 죽을 곳이 아니다."

패가수는 할 말을 잃었다. 기개세의 말이 맞다. 이곳은 패가수가 죽을 곳이 아니다.

죽음을 두려워하지는 않지만, 지금 여기에서 죽는다면 너무 억울할 것이다.

문득 패가수는 자신의 처지가 너무 비참해서 쓴웃음이 났다.

"후후… 이른바 칠종칠금(七縱七擒)인가?"

그 옛날 촉(蜀)나라의 제갈공명은 적장 맹획(孟獲)을 일곱 번 놓아주고 일곱 번 사로잡았다고 한다.

맹획은 제갈공명의 손바닥 안에 있어서 언제든지 마음만 먹으면 사로잡을 수 있었다는 뜻이다.

패가수의 말은 지금 자신이 맹획 같은 신세라는 뜻이다.

그는 자신이 이곳에서 더 이상 아무것도 할 일이 없다는 사실을 깨달았다.

할 수만 있다면 한시라도 빨리 이 치욕의 장소를 벗어나고만 싶었다.

그는 힐끗 남궁산을 쳐다보았다. 남궁산은 놀란 얼굴로 그를 쳐다보고 있다가 두 사람의 눈이 마주쳤다.

남궁산은 이 상황에서도 빠르게 머리를 굴렸다.

'태문주가 우리의 목숨을 보장한다면 아무도 우릴 건드리지 못할 것이다. 태문주가 나타난 순간부터 어차피 어린 애새

끼와 주명옥을 납치하는 일은 글러 버리지 않았는가. 어쨌든 이것은 잘된 일이다.'

그의 눈동자가 소리가 날 정도로 바쁘게 굴렀다.

'애새끼와 주명옥을 담보로 협박하여 탈출하려고 했으니까 엎어치나 메치나 상관이 없다.'

계산을 마친 남궁산은 메고 있던 주명옥을 기개세를 향해 집어던졌다.

휙!

그러자 뒤쪽에 서 있던 진운상이 앞으로 나와 주명옥을 가볍게 받았다.

사람들은 남궁산의 의도를 쉽사리 알아차렸다. 그도 패가수의 흉내를 내려는 것이다.

진운상은 주명옥을 기개세 뒤쪽으로 데려가서 제압됐던 혈도를 풀어주었다.

"으음……."

깊은 잠에서 깬 듯 주명옥이 부스스 일어나면서 크게 놀라는 표정을 짓자 옆에 있던 유정이 그간의 경위를 그에게 전음으로 알려주기 시작했다.

소옥군은 아까부터 남궁산을 싸늘하게 쏘아보고 있었다. 예전에 대정숙에서 남궁산이 자신에게 춘약을 먹이고 겁탈하려고 했던 일을 아직도 잊지 못하고 있는 것이다. 그 일을 어떻게 잊을 수 있겠는가.

　소옥군의 마음을 자신의 마음보다 더 잘 알고 있는 나운상과 소랑이 눈빛을 교환했다.

　두 여자는 기개세의 좌우에 바짝 다가서며 차가운 얼굴로 남궁산을 가리켰다.

　"대가, 저놈은 절대 살려서 보내지 마세요."

　"대가, 흥! 예전에 저놈이 옥군 언니에게 춘약을 사용해서 겁탈하려고 했던 비열한 짓을 잊지 말아요. 저런 놈은 거리 한복판에서 발가벗겨 놓고 갈가리 찢어 죽여야 해요."

　그 말에 남궁산은 움찔했다. 그렇지 않아도 소옥군이 자신을 뚫어지게 주시하고 있어서 내심 께름칙한 마음을 떨치지 못하고 있던 중이었다.

　남궁세가는 정파 중에서도 명문이다.

　비록 예전에 대강남북을 쩌렁하게 떨어 울렸던 오대세가의 명성은 빛이 바랬지만, 그래도 남궁세가 하면 누구나 인정하는 정통 명문세가다.

　그런 가문의 후계자인 남궁산이 춘약을 사용하여 같은 명문가의 여자를 겁탈하려고 한 것은 얼굴을 들고 다닐 수 없는 비열한 짓이다.

　사실 남궁산 본인이야말로 그런 사실을 가장 부끄럽게 여기고 있었다.

그러나 그는 그 일은 뉘우치고 있지 않다. 기왕지사 망가진 몸 아무려면 어떻겠느냐, 하는 심정으로 그보다 더한 악행도 서슴지 않고 저지를 수 있는 지독한 악인으로 변모해 가고 있는 것이다.

사랑하는 아들 기무룡을 품에 안은 독고비는 아예 한술 더 떴다. 그녀는 패가수를 보며 냉랭하게 말했다.

"패가수, 당신은 저 추악한 놈을 놔두고 혼자 가도록 하세요. 시간이 지나면 당신마저도 못 가게 될지도 몰라요."

분위기가 이상하게 흘러가자 남궁산은 은근히 겁이 났다. 그가 매달릴 사람은 패가수뿐이다.

"형님······."

그다음 말은 하지 않았으나 듣지 않아도 자신을 버리지 말라는 애원일 것이다.

패가수는 착잡한 얼굴로 남궁산을 쳐다보았다. 그는 남궁산이 춘약을 써서 소옥군을 겁탈하려고 했던 일을 방금 처음 알았다.

패가수의 표정을 살피던 남궁산은 더욱 안달이 났다. 패가수처럼 뼛속까지 사내다움으로 물든 사람이라면 남궁산을 어떻게 생각할지 뻔하다.

기개세는 일단 지켜보기로 했다. 그는 패가수를 살려 보내겠다고 말했을 때 당연히 남궁산도 함께 보낼 생각이었다. 그 생각은 지금도 변함이 없다.

패가수 같은 인물이라면 절대 혼자 가려고 들지는 않을 테니까 말이다.

하지만 기개세는 이 기회에 한 번 패가수를 꺾어놓는 것도 나쁘지 않다고 생각했다.

잠시 시간이 흐른 후 이윽고 패가수가 기개세를 향해 우뚝 서서 조용히 입을 열었다.

"태문주, 내 대신 이 사람을 놓아다오."

충격적인 말이다. 자신은 이곳에 붙잡혀 있을 테니 대신 남궁산을 살려 보내라는 얘기다.

"형님!"

남궁산은 놀라서 외쳤다.

그러나 패가수는 그를 쳐다보지 않고 기개세에게 다시 정중히 말했다.

"이 사람을 놓아주기만 한다면 그대가 무엇을 원하든 그대로 따르겠다."

기개세는 그 말이 패가수의 진심이라는 것을 느꼈다. 그는 보면 볼수록 사내다운 사람이다. 도무지 그 속을 알 수 없을 정도다.

남궁산의 얼굴은 참담하게 일그러졌다. 그는 패가수가 자신을 좋아하고 또 아낀다는 것은 알고 있었으나 이 정도일 줄은 상상조차 하지 못했다.

입장이 바뀐 상황이라면 자신은 과연 그럴 수 있을까 하고 남궁산은 생각해 봤다.

그러나 길게 생각할 필요가 없다. 그라면 패가수처럼 하지 못했을 것이다. 아니, 절대로 못한다.

아무리 친한들 무엇 하겠는가. 내가 살아 있어야 남도 있는 것이 아니겠는가. 내가 죽어버리면 다 소용이 없다는 것이 남궁산의 평소 지론이다. 그런데 그것이 지금 송두리째 뒤흔들리고 있다.

남궁산의 협착한 머리가 지금 이 상황을 제대로 정리하기도 전에 사태는 빠르게 진전을 보이고 있었다.

"남궁산, 그렇게 하겠느냐?"

기개세가 조용한 목소리로 그렇게 물었다.

"나는……"

남궁산은 기개세와 패가수를 번갈아 쳐다보았다. 뭘 어떻게 해야 할지 머릿속이 흙탕물 같아서 도무지 생각이 정리되지 않는다.

그러나 그렇게 당황하면서 남궁산은 한 가지 사실을 깨달았다. 지금 이것은 생각의 문제가 아니다.

패가수가 자신의 목숨을 내놓고 그 대신 남궁산을 살리려고 하는 것은 오랜 생각 끝에 나온 결과가 아니다.

그것은 즉흥적인 감정의 산물이다. 평소에 상대를 어떻게 생각하고 있었느냐가 그대로 반영된 것이다. 그렇기 때문에 남궁산도 생각을 하기에 앞서 느끼는 그대로 행동했어야만 마땅한 것이다.

그런데 수습하기에는 이미 늦었다. 기개세의 물음에 남궁산은 갈팡질팡하는 모습을 보였다.

남궁산은 사람들이 자신을 어떻게 생각할지를 생각하자 쥐구멍이라도 들어가고 싶은 심정이었다.

아니, 사람들이야 어쨌든 상관이 없다. 문제는 패가수다. 그에게 이런 꼴을 보이고 있는 자신이 죽이고 싶도록 가증스러웠다.

그때 문득 남궁산은 기개세가 조금 전에 '그렇게 하겠느냐?'고 물었던 것을 기억해 냈다.

"형님……."

그리고는 아무것도 생각나지 않았다. 남궁산은 무너지듯 그 자리에 주저앉더니 하나뿐인 손으로 패가수의 발을 부여잡고 그의 발등에 얼굴을 비벼대며 흐느껴 울었다.

"크흐흑……! 잘못했습니다……! 소제가 잘못했습니다……."

밑도 끝도 없이 무조건 잘못했다고 빌고 있다.

사람들은 지금 이런 상황에서 자신이 패가수라면 당장 남궁산을 걷어찰 것이라고 생각했다.

그러나 두 사람의 생각은 달랐다. 기개세와 패가수다.

패가수는 빙그레 미소 지으며 남궁산을 일으켜 세우고 한 손을 그의 어깨에 얹었다.

"산아, 너는 잘못한 것이 없다."

"크흑! 아닙니다, 형님. 소제는……."

패가수의 얼굴이 진정한 군자의 모습을 하고 있었다.

"다 같은 새라고 해도 꿩은 산으로 가고 오리는 강으로 가는 법이다. 태생은 죄가 아니다."

"형님… 으허어엉!"

남궁산은 이곳이 어딘지 지금이 어떤 상황인지도 잊은 채 패가수의 품에 몸을 던져 안겨들며 어린아이처럼 울음을 터뜨렸다.

그런 남궁산을 패가수는 부드럽게 안고 등을 토닥거렸다.

"산아, 부탁이 있다."

"……."

"이곳에서 살아 나간다면 부디 울제국하고는 모든 인연을 끊기 바란다."

"형님, 어찌……."

남궁산은 눈물과 콧물이 범벅된 얼굴을 들어 의아한 표정으로 패가수를 바라보았다.

"너는 중원 사람이다. 그리고 너는 누구보다도 중원을 사랑하고 있지 않느냐? 너는 결코 중원을 버릴 수 없는 사람이다. 나는 그것을 안다."

"형님……."

"원한은 잊어라. 잘못이 있다면 우리 울제국에게 있다. 처음에 우리가 너희 남궁세가를 이용하려 들었던 것이 원인이다. 그래서 네가 중원에 죄를 지었고, 그로 인해서 원한이 쌓인 것이다."

패가수는 가만히 남궁산을 떼어냈다.

"이제 가라."

"형님……."

남궁산은 비 오듯이 눈물을 흘렸다. 눈물 때문에 패가수의 모습이 보이지 않자 주먹으로 눈물을 훔쳤다. 그런데도 자꾸 눈물이 흘러서 패가수의 모습이 이지러졌다.

남궁산은 이제야 비로소 자신이 얼마나 소인배로 살았었는지 절실하게 깨달았다.

이치를 깨닫고 세상을 보는 것과 그렇지 못한 것의 차이는 실로 엄청나다.

깨달은 사람은 무엇이든 이해하고 용서하며 포용하지만, 그렇지 못한 자는 비열하고 옹졸하며 자신밖에 모른다.

그래서 깨달은 자는 자신이 손해를 입더라도 행복하다고

느끼는 것이고, 그렇지 못한 자는 세상을 다 가져도 영원히 불행한 것이다.

그러나 남궁산은 너무 늦게 깨달았다. 돌이킬 수 없는 이 시점에 와서야 깨달음이 찾아왔다.

세상천지에 깨달아야 할 것들이 수억 개가 있다면, 그는 이제 겨우 한 가지를 깨달았을 뿐이다. 그런데도 세상이 달리 보이거늘, 모두를 깨닫는다면 세상은 또 어떻게 다르게 보이겠는가.

"너희 둘."

그때 기개세가 조용히 말문을 열었다.

패가수와 남궁산은 천천히 그를 쳐다보았다.

기개세는 귀찮다는 듯 손을 저어 보였다.

"둘 다 가던가 아니면 둘 다 남아라."

순간 패가수와 남궁산은 동시에 움찔 몸을 떨었다. 패가수는 기개세의 속뜻을 알기 때문이고, 남궁산은 영문을 모르기 때문이다.

호한식호한(好漢識好漢). 영웅이라야 영웅을 알아본다고 했다. 기개세는 패가수를 알아본 것이다. 그리고 패가수도 그것을 알아차렸다.

"그전에 한 가지."

기개세는 조용한 목소리로 손가락 하나를 세워 보였다.

"조금 전에 패가수 네가 남궁산에게 해주었던 말을 지금은 내가 너에게 해주고 싶다."

패가수는 그것이 무슨 말인지 즉시 알아차렸다.

자신이 말했던 꿩과 오리의 얘기다. 중원 사람이 꿩이고 울제국 사람이 오리라고 치면, 꿩이 제 둥지를 지키려고 하는 것은 지극히 당연한 일이니까, 오리는 꿩 둥지를 뺏으려 하지 말고 서장으로 돌아가라는 뜻이다.

문득 패가수는 쓴웃음을 지었다.

"나는 거위외다."

오리 무리에도 섞이지 못하는 거위. 즉, 그는 울제국 사람들하고도 제대로 섞이지 못하는 물에 뜬 기름 같은 존재라는 뜻이었다.

그는 천천히 팔을 들어 기개세를 향해 포권을 하고 가볍게 고개를 숙였다.

"오늘 이 빚은 잊지 않겠소."

남궁산은 물끄러미 기개세를 응시했다. 그의 눈빛은 착잡함으로 흔들렸다.

저벅저벅…….

패가수가 한쪽 방향으로 걸음을 옮기자 남궁산은 총총히 그 뒤를 따랐다.

기개세 등은 묵묵히 두 사람의 뒷모습을 응시했다.

남궁산은 걸어가면서 두어 차례 뒤돌아보는 데 반해서 패가수는 성큼성큼 걸으며 한 번도 뒤돌아보지 않았다.

포위하고 있던 불도고수와 사무영대고수들이 물결이 갈라지듯 길을 터주었다.

포위망을 벗어나자 패가수와 남궁산은 허공으로 비스듬히 신형을 날려 순식간에 사라져 버렸다.

기개세는 허공에서 시선을 거두고 독고비 품에 안겨서 방글방글 웃고 있는 기무룡을 들여다보았다.

아기는 입술을 오므리고 옹알거리며 고사리 같은 손을 내밀어 꼼지락거렸다.

그는 독고비의 뺨을 어루만지면서 위로해 주었다.

"네가 마음고생이 심했구나."

[오늘 밤에 침 놔주시면 마음고생한 것 싹 나아요.]

독고비의 심어가 기개세의 머릿속을 흔들었다.

그녀는 아미도 심어를 들었을 것이라는 사실을 조금 늦게 깨닫고 말을 정정했다.

[천첩과 아미 언니 둘만 침 놔주세요, 아주 많이.]

第百二十九章

천신종(天神從)

대사부

천검신문 태문주의 외동아들 가무룡과 대명국 황제에 즉위하려던 주명옥이 납치되었던 일대파란은 우여곡절 끝에 무사히 좋은 결말을 보았다.

두 사람이 험한 꼴을 겪은 대신에 얻은 것도 있다.

중원정군 내에서 두더지처럼 암약하고 있던 오대세가의 잔존 세력, 즉 사결단을 깡그리 색출해 낸 것이다.

또한 암중에서 사결단을 도왔던 금상단과 또 다른 세력들을 긴 뿌리에 연결된 고구마를 뽑아내듯이 줄줄이 색출해 내서 뇌옥에 가두었다.

그리고 또 한 가지, 기무룡을 납치했던 유모와 그의 남편 온길이라는 자가 제남성에 모습을 나타냈다는 것이다.

그들 부부는 남궁세가의 전답과 장원 한 채에 대한 문서를 지니고 있었는데, 그것을 자신들의 것으로 인수하는 과정에서 의문의 죽임을 당했다.

일전에 기개세와 아미, 독고비를 자신의 주루에 모신 적이 있었던 천라대 제오부 삼당 제팔단주 풍림각주 염섭이 유모 부부를 처단한 것이다.

태사의에 의젓하게 앉은 기개세는 전면을 보면서 조용히 입을 열었다.

"모용군, 너에게 큰 신세를 졌구나."

단하에 시립해 있는 모용군은 화들짝 놀라며 급히 허리를 깊숙이 굽혔다.

"천부당만부당하신 말씀이십니다. 속하가 마땅히 해야 할 일을 했을 뿐입니다."

기개세는 빙그레 미소 지었다.

"그렇더라도 내게는 큰 도움이 됐다. 그래서 네게 무엇이든 해주고 싶다. 원하는 것이 있으면 말하라."

모용군은 황송한 표정으로 어쩔 줄 몰라 하더니 잠시 후에 무척 조심스럽게 말했다.

"지나친 소망이 하나 있사온데……."

"무엇이냐?"

모용군은 몸을 더욱 옹송그렸다.

"주군의 측근에 있고 싶습니다."

"호오……."

모용군은 너무 지나친 요구라서 어쩔 줄을 몰라 하며 허리를 굽힌 채 펴지를 못했다.

그때 그의 등 위로 기개세의 말이 떨어졌다.

"운상, 어떠냐?"

단하 오른쪽에 도열해 있는 오대명왕 중에서 진운상이 공손히 허리를 굽혔다.

"모용군은 항삼세명왕(降三世明王)이 좋겠습니다."

그 말을 들은 모용군은 정수리에 찌리릿! 하고 한줄기 번갯불이 꽂혔다.

팔대명왕 중에서 항삼세명왕은 과거 부옥령의 신분이었다. 진운상은 그 자리를 모용군에게 천거한 것이다.

"모용군."

"하, 하명하십시오."

정신을 차리지 못하고 있는 모용군은 기개세의 부름에 말을 더듬거렸다.

"오대명왕은 너와 비교해서 서너 수 이상의 고수들이다.

장차 네가 그들과 어깨를 나란히 하려면 웬만한 각오로는 힘들 게다."

모용군은 간신히 고개를 들고 기개세를 바라보았다. 그의 얼굴에는 희열과 감동, 황송함이 마구 범벅된 상태다.

"죽을 각오로… 오대명왕의 이름에 누를 끼치는 일은 없도록 하겠습니다."

"틀렸다."

"……."

"육대명왕이다."

드디어 허락이 떨어졌다. 이로써 모용군은 태문주의 최측근인 명왕의 한 사람이 된 것이다.

그는 그 자리에 무릎을 꿇고 납작하게 엎드려 이마를 바닥에 밀착시켰다.

"죽음으로."

그 말뿐이다. 하지만 그 말에 함축된 수많은, 그리고 깊은 뜻을 기개세는 충분히 알아들었다.

그긍!

육중한 철문이 양쪽으로 활짝 열렸다.

저벅저벅.

그리고 그 안으로 기개세와 아미가 나란히 걸어 들어갔다.

이곳은 거대한 실내 연무장이다. 무공 연마를 하고 있던 오백 명은 기개세가 온다는 전갈을 받고 단상을 향해 질서있게 도열해 있었다.

그들 오백 명은 천검사무영대 사백 명과 불도고수 백 명으로 이루어져 있었다.

한쪽 옆에는 눈처럼 흰 백의장삼을 입은 오십 명이 역시 단상을 향해 질서있게 늘어섰다.

그들은 기개세가 천문에서 데리고 온 천인사들로서 기개세의 명령으로 지난 일 년여 동안 천검사무영대와 불도고수들을 집중적으로 가르쳤다.

이들을 양성하는 목적은 오로지 울제국의 신삼별조를 상대하기 위해서다.

신삼별조는 기개세와 아미, 독고비에게 큰 피해를 입었으나 십중팔구 다시 보충됐을 것이다.

천검신문 휘하의 각 조직에도 결원이 생기면 즉시 보충되는 것과 마찬가지일 것이다.

천인사들은 지난 일 년 동안 사무영대와 불도고수 오백 명에게 천신록상의 절학을 가르쳤다.

천신록의 절학은 태문주와 천족만 익힐 수 있지만, 그것을 기개세가 깨뜨렸다.

천검신문의 존재 이유가 중원천하의 평화를 위해서인데

과거에 정해놓은 규칙에 얽매이기만 해서는 천추의 한을 남기게 될 것이기 때문이다.

오십 명의 천인사들이 각자 열 명씩을 맡아서 천신록상의 검법인 천운검법(天雲劍法)과 장법인 천옥신장(天玉神掌), 신법인 신전비(迅電飛) 세 개를 집중적으로 가르쳤다.

그 결과 사무영대와 불도고수 오백 명은 현재 대단한 수준에 이른 상태다.

기개세가 그들을 시험해 본 결과 그들 한 명이 무한겁별의 무한겁 두 명 내지 세 명을 한꺼번에 상대할 수 있는 굉장한 수준이 되었다.

만약 천인사들이 더 많은 인원을 가르쳤다면 이런 성과를 거두지 못했을 것이다.

천인사 한 명당 열 명이라는 소수 인원을 집중적으로 가르쳤기에 이와 같은 성과가 가능했다.

기개세는 단상으로 올라가서 우뚝 섰고, 아미는 단하 그 옆에 섰다.

모두들 긴장과 기대 어린 표정으로 기개세를 주시했다.

기개세는 천인사들을 쳐다보며 나직이 입을 열었다.

"천인사들은 각자 자신이 가르친 사람들 앞에 가서 서라."

그러자 오십 명의 천인사들이 일사불란하게 움직였다.

잠시 후에 오십 명의 천인사들이 가로 일렬로 늘어섰고, 그 뒤에 그들이 지난 일 년 동안 가르쳤던 열 명의 고수가 일렬로 줄지어 섰다.

기개세는 그들을 천천히 한차례 쓸어보고 나서 마음에 드는 듯 고개를 끄덕였다.

"그동안 수고했다."

그 말은 지난 일 년여 동안의 무공 연마가 이제 끝났음을 뜻하는 것이다.

"이제부터 앞에 선 천인사가 뒤에 선 열 명을 지휘하게 된다. 맨 좌측이 제일전단(第一戰壇)이고 맨 오른쪽이 제오십전단이다."

일 년여 동안 무공을 가르치고 배운 열한 명을 하나로 묶었으니 그보다 더 나은 결합은 없을 터이다.

이어서 기개세의 입에서 오백오십 명이 고대하던 선언이 떨어졌다.

"사흘 후에 출동이다. 그동안 휴식을 취하도록 하라."

원앙루 칠층 기개세의 거처에 그와 다섯 여자, 그리고 다섯 아이가 모여 있다.

기개세는 평소 자신과 다섯 여자가 함께 사용하는 커다란 특제 침상 한가운데 앉았고, 그 앞쪽에 다섯 여자가 반원형으로 기개세를 향해서 편한 자세로 각자의 아기를 안은 채 앉아 있다.

 기개세가 다섯 여자를 바라보는 눈빛이나, 그녀들이 기개세를 바라보는 눈빛은 더없이 따스하고 정겹다.

 이들 여섯 사람은 이미 한 몸이고 한 마음이나 다름이 없다.

 이들은 서로 간에 부끄러움도, 이해관계도, 질투 같은 것도 존재하지 않는다.

 마치 한날한시에 같은 어머니의 자궁을 빌어서 태어난 여섯 쌍둥이와 같다.

 많은 사람들이 기개세의 다섯 여자가 어떻게 서로 비슷한 시기에 임신을 하여 한날한시에 아기를 낳았는지 신기하게 여기지만, 정작 이들은 그것을 너무도 당연하게 여긴다.

 "아미와 비아를 데리고 가겠다."

 기개세가 조용히 말문을 열자 다섯 여자는 그럴 줄 알았다는 반응을 보였다.

 "천첩은요?"

 나운상이 예쁜 입술을 삐죽거리면서 항의하듯 말했다.

 "천첩은 그동안 아미 언니에게 천신록의 절학들을 배워서 예전보다 두 배 이상 고강해졌는데 대가께서 데려가지 않으면 아무짝에도 쓸모가 없게 됐네요."

 천검사영이며 천검사무영대의 우두머리인 도격과 우림,

담신기는 수하들과 함께 천인사들에게 천신록의 절학을 배웠으며 이번에 출동을 명령받았다.

반면에 천검사영의 한 명인 나운상은 다른 세 명의 여자와 함께 아미에게 천신록의 절학을 배웠다.

나운상은 천검사영의 한 명이기에 앞서 기개세의 부인이기 때문이다.

그렇기 때문에 나운상뿐만 아니라 소옥군과 소랑, 독고비도 예전에 비해서 무공이 진일보한 것은 두말할 필요도 없다.

기개세는 빙그레 미소 지으면서 나운상의 머리를 부드럽게 쓰다듬었다.

"상아, 너에게는 더 막중한 임무가 있잖느냐?"

나운상은 눈을 동그랗게 떴다.

"그게 무슨 임무죠?"

기개세는 미소 지으며 소옥군과 소랑을 바라보았다.

"너를 비롯하여 내 소중한 아내들과 아이들을 지켜야지. 내게 있어선 중원천하를 되찾는 것보다는 그것이 더 중요한 일이다."

그러자 나운상은 금세 환한 표정이 되었다.

"그렇군요. 잘 알았어요, 대가."

"그리고……."

기개세는 자신의 무릎에 달싹 앉은 나운상의 궁둥이를 어루만지면서 말했다.

"내가 이곳을 떠나면 너희 세 사람은 당분간 가란에게 가 있도록 해라."

"네."

세 여자는 입을 모아 종달새처럼 대답했다.

가란과 설화쌍봉, 그리고 삼야차인 형곤, 철웅, 고태 등은 일 년 전에 이곳 남경성에 기루를 열었다.

무창성과 낙양성에 이어서 세 번째로 기루를 여는 것이기 때문에 그들에겐 누구보다 풍부한 경험이 있다.

더구나 무궁무진한 돈이 뒷받침되었기에 그들이 개업한 쌍봉루가 남경성에서 제일기루가 되는 일은 땅 짚고 헤엄치는 것이나 다름이 없는 일이었다.

현재 쌍봉루는 규모가 엄청난 세 채의 기루와 사적인 용도의 장원 두 채, 유람선 십여 척을 보유하고 있다.

그렇기 때문에 소옥군과 소랑, 나운상이 너무 잘 알려져 있는 천검신궁 내에 있는 것보다 쌍봉루의 장원에 머무는 편이 훨씬 안전할 것이다.

  *　　　*　　　*

전쟁은 장기(將棋)와 비슷하다.

장기는 적의 왕을 잡으면 승리한다. 전쟁도 마찬가지다. 왕을 제압하면 승리하거나 적에게 결정적인 치명타를 안겨줄 수가 있다.

장기에서는 왕을 잡기 위해서 여러 가지 작전을 구사한다.

전면적인 공격을 가하거나 소수의 민첩한 말이 적진 깊숙이 침투하는 등 방법은 이루 헤아릴 수 없을 만큼 많다.

물론 왕을 제압하는 것이 목적이다.

바야흐로 천하를 건 한판의 장기가 시작됐다.

북경성 한복판에 위치한 자금성은 해자(垓字)와 여러 개의 호수에 둘러싸여 있다.

자금성 서쪽에는 남북으로 길쭉하게 뻗은 형태인 세 개의 호수가 있다.

위쪽의 북해(北海)와 가운데의 중해(中海) 사이에 서쪽으로 번화가가 뻗어 있는데 그곳이 서안문로(西安門路)다.

거리 양쪽에 워낙 많은 점포들이 처마를 맞대고 늘어서 있으며, 점포들 몇 걸음 앞에는 좌판들이 꼬리를 물고 양편으로 길게 늘어서 있다.

점포와 좌판 앞에서 물건을 구경하거나 사려고 멈춰 선 사람들과 오가는 행인들로 인해서 거리는 제대로 걸음을 옮기는 것조차 어려울 정도로 복잡했다.

초저녁 무렵, 일남이녀 세 사람이 서안문로 거리를 나란히 걸어가고 있다.

한 사람이 걷기도 쉽지 않은 복잡한 거리를 세 사람은 나란히 걸으면서 도란도란 대화를 하거나 주변을 구경하는 여유까지 보이고 있었다.

그들이 그럴 수 있는 데에는 그만한 이유가 있다. 세 사람의 외모가 너무도 출중해서 행인들이 감히 가까이 다가서지 못하고 알아서 비켜주기 때문이다.

하늘에서 하강한 듯 눈부신 자태와 용모를 지닌데다 만면에 훈훈한 미소를 지은 채 담소를 하는 모습은 결코 뼈와 살로 이루어진 인간이 아닌 듯했다.

세 사람은 다름 아닌 기개세와 아미, 독고비다. 만약 아미가 원래 눈부신 은발을 검게 물들이지 않았다면 더 많은 이목을 집중시켰을 것이다.

천검신문 태문주와 두 명의 부인이 울제국의 심장부인 북경성, 그것도 자금성에서 멀지 않은 곳을 당당하게 걸어가고 있으리라고는 아무도 상상하지 못하리라.

그것이 바로 허허실실이다. 천검신문에서는 기개세의 얼굴을 모르는 사람이 없지만, 울제국에서는 몇몇 사람과 신삼별조를 제외하곤 그를 지적 거리에서 본 사람이 거의 없기 때문에 그와 두 명의 아내가 북경성 한복판을 활보하는 것이 가능한 일이다.

　북경성 번화가에는 수많은 사람들이 물결처럼 오가고 있으나 그들은 대부분 일반 백성들이다.

　기개세 얼굴을 아는 몇몇 사람이나 신삼별조가 북경성 거리를 한가하게 오갈 리가 없다.

　또한 기개세는 태자 이반과 신삼별조가 북경성에 없다는 사실을 천라대주 나신효로부터 보고를 받았기 때문에 더 느긋할 수 있는 것이다.

　이반은 울제국의 거의 전 세력을 이끌고 천신국과의 접경 지역에 나가 있다.

　천신국을 침공하여 단숨에 휩쓸어 버릴 구상이 이반의 머릿속에서 무르익고 있었다.

　천라대가 수집한 여러 정보에 의하면, 지금 이반은 언제 승부수를 던질지 그것을 계산하고 있다고 한다.

　기개세와 아미, 독고비는 뭇사람들의 시선을 전혀 느끼지 못하는지 마치 산책이라도 나온 사람처럼 천천히 걸어서 자금성 서쪽에 위치한 중해에 이르렀다.

　아름답기로 유명한 세 개의 호수 둘레에는 많은 주루와 기루, 다루들이 성업 중인데, 기개세 일행은 그중 한 곳의 다루로 들어갔다.

　초겨울의 쌀쌀한 날씨지만 다루 안에는 커다란 난로가 활

활 타고 있어서 매우 훈훈했다.

기개세 등은 다루 이층에 자리를 잡고 앉아서 따뜻하고 향긋한 차를 마셨다.

이층에는 몇몇 사람들이 있었으며 처음에 기개세 일행이 들어왔을 때 놀라고 감탄하는 표정으로 쳐다보았으나 시간이 흐르자 자신들의 대화로 돌아갔다.

일각쯤 지났을 때 황의를 입은 청수한 모습의 중년인 한 명이 이층으로 올라와 실내를 둘러보더니 기개세 일행 쪽으로 걸어왔다.

"실례지만 이(李) 공자시오?"

중년인은 기개세에게 정중하게 물었다.

기개세는 고개를 끄덕였다.

"그렇소. 앉으시오."

기개세를 복판에 두고 나란히 앉은 세 사람 맞은편에 중년인이 앉고서 점소이에게 차를 주문했다.

"옥 공자에게 전갈을 받았소이다. 소생은 구겸(具兼)이라고 하외다."

중년인은 포권을 하며 고개를 숙여 보였다.

"이세(李世)라고 하오."

기개세는 굳이 신분을 밝힐 필요가 없어서 중년인 구겸에게 자신을 이세라고 소개했다. 구겸 또한 기개세를 이세라고 알고 있었다.

"옥 공자를 직접 뵈었소이까?"

구겸은 기대 어린 표정으로 조심스럽게 물었다.

'옥 공자'라는 것은 주명옥을 가리키는 것이다.

기개세는 빙그레 미소 지으며 고개를 끄덕였다.

"그렇소. 옥 공자는 대명국의 황제에 즉위하셨소이다."

주명옥이 천신국의 후신(後身)인 대명국 황제에 즉위했다는 소문은 중원천하에 파다하게 퍼졌기 때문에 구겸이 모를 리가 없다.

구겸은 대명의 전대 황제 시절에 신하였었는데 지금도 울제국 치하에서 관리로 봉직 중이다.

울제국은 대명제국 시절의 관리들을 거의 대부분 내쫓았으나 울제국에 충성을 맹세하거나 전문성을 지닌 관리들은 필요에 의해서 그대로 유임시켰다.

구겸은 후자의 경우로 성리학(性理學)의 대가다. 하지만 높은 관직이 아니라 울황제 율가륵의 측근에 있는 많은 조언자 중 한 명이었다.

그는 며칠 전에 집으로 돌아가다가 어떤 사람으로부터 한 통의 서찰을 건네받았다.

그런데 그 서찰은 놀랍게도 대명제국 전대 황제의 셋째 황자인 주명옥이 보낸 것이다.

서찰에는 며칠 후에 '이세'라는 청년이 찾아갈 테니까 그를 물심양면 도와주라는 부탁의 내용이 적혀 있었다.

구겸은 과거에 주명옥에게 학문을 가르친 여러 스승 중의 한 명이었다.

그의 성품이 올곧고 강직하다는 것을 잘 알고 있는 주명옥은 그가 변절했을 리가 없다고 믿고 기개세에게 소개를 한 것이다.

"그는 대명국을 통치하느라 바쁘지만 매우 건강하고 또 명랑하게 생활하고 있소. 그리고 예전 자금성에서의 사람들을 그리워하고 있소."

"전하……."

기개세의 말에 구겸의 눈시울이 뜨거워졌다. 그는 눈물을 참으려고 입을 굳게 다물었다가 소매로 눈물을 닦아낸 후에야 조심스럽게 입을 열었다.

"전하께서 내게 이 공자를 도우라고 하셨는데, 말씀해 보시오. 내가 할 수 있는 일이라면 무엇이든 하겠소."

기개세는 지금 구겸을 처음 보는 것이지만 그가 믿을 수 있는 사람이라고 판단했다.

기개세는 천신여의지경이 팔경에 이른 현재는 사람을 한 번 보기만 해도 심성과 성정을 간파할 수 있는 능력을 갖게 되었다.

그것은 관상하고는 다른 것이다. 상대의 눈빛과 목소리, 숨소리, 심장박동, 안색 같은 것들을 보고 들으면서 종합적으로 판단하는 것이다.

구겸은 말하고 나서 주위를 살핀 다음에 더욱 목소리를 낮추어 말을 이었다.

"하지만 나는 울황제의 많은 조언자 중의 한 사람이기 때문에 내가 할 수 있는 일은 그다지 많지 않을 것이오."

기개세가 탁자 둘레에 보호막을 쳤기 때문에 목소리가 밖으로 새 나가지 않는다는 것을 구겸은 모르고 있었다. 하지만 기개세는 그것을 구태여 알려주려고 하지 않았다.

"내가 알고 싶은 것은 자금성 내의 전력(戰力)과 울황제 주변에 어느 정도의 호위가 있는가 하는 것이오."

구겸은 기개세가 단도직입적으로 민감한 내용을 말하자 깜짝 놀라서 급히 주위를 살폈다.

그것을 보고 독고비가 방그레 미소 지었다.

"우리의 말은 한마디도 다른 사람들에게 들리지 않으니까 염려하지 마세요."

"아……."

구겸은 그제야 기개세 등이 말로만 듣던 강호의 고수라는 사실을 깨닫고 나직한 탄성을 흘렸다.

그는 잠시 생각하다가 밝은 얼굴로 말했다.

"이 공자가 궁금해하는 것을 알려줄 사람이 생각났소. 그는 자금성의 금의위(錦衣衛) 중의 한 명이오."

"금의위!"

기개세는 반색을 했다. 자금성 내에는 황제 최측근에 네 개의 특수 조직이 있는데, 동창(東廠)과 서창(西廠), 금의위, 황궁시위대가 그것이다.

울제국이 들어서면서 동창과 서창은 폐지되었고, 금의위와 황궁시위대는 계속 유지되고 있다.

황궁시위대는 삼황사벌 중에서도 북신벌(北辰閥) 고수로만 전원 교체되었다.

서장 최초의 통일국가인 울황국을 세운 부족이 북신벌이고, 당금 울제국의 황제인 율가륵이 울황국의 황제였기 때문에 자신의 부족 출신으로만 황궁시위대를 구성한 것이다.

하지만 금의위에는 몇 명의 중원인, 즉 한인(漢人)이 섞여 있는데 그럴 만한 이유가 있었다.

금의위는 황제 직속의 형벌 심문 조직이다. 이들은 대역죄나 모반은 물론, 황제에게 불순한 언행을 하거나 흑심을 품고 있는 자들을 색출하여 무자비한 고문과 형벌을 가하는 것이 주요 업무다.

그와 같은 일의 특수성 때문에 지리(地理)나 과거의 황족, 고관대작, 각 지역의 유명인사들에 대해서 해박한 지식을 갖고 있는 자들이 필요했다.

그래서 예전 대명제국에서 금의위였던 자들 중에서 신임할 수 있는 자들 몇 명을 엄선하여 그대로 울제국의 금의위에 유임시켰다.

방금 구겸이 말한 금의위는 바로 그들 중의 한 명인 것이다.

"그는 믿을 수 있는 사람이오?"

기개세의 물음에 구겸은 뭔가 말하려는 듯하다가 그만두고 대신 고개를 크게 끄덕였다.

"확실히 믿을 수 있는 사람이오. 그를 믿지 못한다면 더 이상 믿을 사람이 없을 것이오."

구겸이 그 정도로 장담한다면 믿어도 좋을 듯했다.

"알았소. 그를 만나게 해주시오."

기개세의 요구에 구겸이 난색을 표했다.

"그를 만나려면 이틀 정도 기다려야 할 게요."

구겸의 설명은 이랬다. 금의위는 자금성 내에서 숙식을 하고 평상시에는 임무 외에는 바깥출입이 일절 금지된다.

다만 열흘에 한 번 이틀 동안 외출이 허가되는데, 그때가 되려면 지금부터 이틀을 더 기다려야 한다는 것이다.

"이틀이라······."

기개세는 중얼거리면서 이틀 동안 무엇을 할 것인지 생각해 보았다.

그러나 아미와 독고비는 그와는 상관없이 생글생글 미소 지으면서 좋아했다.

자신들 둘만이 기개세를 독차지할 수 있는 날이 이틀이나 더 늘어났기 때문이다.

"해줄 말이 있소."

그때 구겸이 가라앉은 목소리로 말했다.

"사실 북경성 내에는 비밀스러운 반올세력(反兀勢力)이 존재하고 있소."

반올세력. 즉, 올제국에 반대하는 세력이 북경성 내에 있다고 한다.

기개세는 조금 전에 구겸이 말을 하려다가 머뭇거렸던 것이 지금 말하고 있는 '반올세력' 이었을 것이라고 짐작했다.

구겸이 그것에 대해서 말을 꺼냈다는 것은 그만큼 기개세를 신뢰할 수 있다는 뜻이다.

반올세력은 중원천하 어디에나 존재한다. 그 수를 다 합치면 수백 개는 될 것이다.

그리고 그것들의 공통점은 하나같이 올제국에 별다른 영향력을 지니고 있지 못하고 있다는 사실이다. 말하자면 뜻만 있고 능력은 부족한 것이다.

"소생도, 그리고 이 공자에게 소개할 금의위의 그 사람도 그 반울세력의 일원이오."

하지만 구겸 같은 인물이나 금의위가 속한 반울세력이라면 이야기가 조금 달라진다.

구겸은 자신의 말이 주위 사람들에게는 들리지 않는다는 것을 알면서도 긴장 때문에 목소리를 더욱 낮추어 속삭이듯 말했다.

"우리 조직의 명칭은 천신종(天神從)이오. 오십여 명뿐이지만, 동지들 각자는 이름만 들으면 알 수 있는 굵직굵직한 사람들로 이루어졌소."

천신종. 천신을 붙좇는 사람들이라니, 반울세력의 이름치고는 좀 이상하다.

구겸의 목소리가 자꾸만 더 작아졌다. 말하는 내용이 그만큼 비밀스러운 내용이라는 뜻이다.

"언젠가 천검신문에 미력이나마 도움이 되자는 뜻에서 천신종이라는 이름을 지었소."

그렇다면 과연 어울리는 이름이라고 기개세는 생각했다. 하지만 구겸은 자신의 앞에 앉아 있는 사람이 천검신문 태문주일 것이라고는 꿈에서도 상상하지 못하리라.

이어서 구겸은 땀을 흘리면서 가볍게 고개를 숙였다.

"우선 거기까지만 알고 계시오."

기개세는 흥미를 느꼈다.

"더 말해줄 수 없소?"

"안 되오."

구겸은 거절하는 것에 익숙하지 않은 듯 어색한 몸짓과 자세로 손을 저었다. 하지만 목소리에는 단호함이 짙게 배어 있었다.

"누구에게도 말하지 않을 생각이오?"

"단 한 분에게만 말씀드릴 것이오."

구겸은 조금 전까지 속삭이는 듯한 목소리였으나 지금은 조금 커지고 완강한 목소리다.

"그게 누구요?"

구겸은 허리를 꼿꼿이 펴고 똑바로 기개세를 주시했다. 마치 이제부터 말하려는 사람에 대한 경건하게 예의를 차리는 듯한 모습이다.

"천검신문 태문주외다. 우리 천신종은 오직 그분만을 위해서 결성됐기 때문에 그분에게만 모든 것을 밝히고 또 그분의 명령에만 따르기로 맹세를 했었소. 그렇기 때문에 그분을 만나기 전에는 무슨 일이 있어도……."

그는 말끝을 흐렸다. 기개세는 가만히 있는데 좌우에 앉은 아미와 독고비가 방그레 엷은 미소를 짓고 있는 것을 발견했기 때문이다.

그는 아미와 독고비를 번갈아 쳐다보면서 의아한 표정을

지으며 물었다.

"왜… 웃는 것이오?"

아미와 독고비는 아무 말도 하지 않았다. 다만 미소가 조금 더 짙어졌을 뿐이다.

구겸은 끝내 그녀들이 웃는 이유를 알지 못했다.

第百三十章

대매국노(大賣國奴)

대사부

기개세가 구겸에게 자신의 신분을 밝히지 않은 데에는 그만한 이유가 있었다.

 기개세의 신분을 알게 된 후에 구겸이 일상생활을 하다가 지나치게 홍분을 하여 혹시 언행에 실수라도 할까 봐 그런 것이다.

 구겸이라는 사람은 믿을 수 있는데 그의 행동을 믿지 못하는 것이다.

 즉, 그가 기개세의 신분을 알고 나서도 평소처럼 평범하게 행동하지는 못할 것이라는 판단 때문이다.

천검신문 휘하의 천라대는 천하 곳곳에 여러 가지 형태로 뿌리를 내린 채 활동을 하고 있다.

울제국의 심장부인 이곳 북경성에서는 천라대가 그 어느 곳보다도 활발하게 움직이고 있다.

천라대 휘하에는 '부'와 '당', 그리고 '단'이 있다. 예전에 기개세가 도움을 받았던 제남성 풍림각주는 단주였다.

하지만 북경성은 매우 중요한 곳이기 때문에 하나의 '당'이 주둔하고 있었다.

천라대 제일부 삼당이 바로 그들이다. 삼당 휘하의 다섯 개 당이 북경성 구석구석에서 활발하게 정보 수집 활동을 펼치고 있다.

기개세는 천라대 제일부 삼당의 당주 사록(司祿)을 불러 천신종이라는 반울세력에 대해서 조사하라고 지시했다.

자금성 북쪽에 있는 아름다운 호수 하화지(荷花池) 주변에는 으리으리한 대장원들이 모여 있다.

예전에는 이곳에 주로 대명제국의 내로라하는 고관대작들이 모여 살았었다.

하지만 지금은 울제국에 충성하는 황족이나 왕족, 관리들이 끼리끼리 모여서 살고 있다.

그래서 이곳은 지안가(地安街)라는 원래의 거리 이름이 있으나 그보다는 변절촌(變節村)이라는 지명으로 불리고 있었다.

이곳에 살고 있는 사람들이 하나같이 매국노나 변절자들이기 때문이다.

그런 이유 때문에 이 근처는 경계가 매우 삼엄하다. 대로와 거리는 울군사들이 시각에 맞춰서 순찰을 돌고, 각 대장원 안팎은 매국노나 변절자들이 키운 사병(私兵)이나 무사들이 지키고 있다.

그중에서도 대로의 중심가에 위치한 어느 거대한 규모의 대장원은 유달리 눈길을 끌고 있었다.

웬만한 대장원을 대여섯 채 이상 합쳐 놓은 것 같은 굉장한 크기이다.

또한 대로변 육중한 전문 앞에는 울군사 열 명이 부동자세로 서서 상시 지키고 있다.

또한 오십 명의 울군사들이 대장원 둘레를 돌면서 순찰을 하고 있다.

뿐만 아니라 대장원 내에는 삼백여 명에 달하는 사병과 백여 명의 무림고수들이 요소요소를 순찰하거나 경계를 서고 있어서 안팎으로 철옹성을 방불케 한다.

이곳 대장원의 전문 위 커다란 현판에는 '북왕대저(北王大邸)'라는 네 글자가 용사비등한 필체로 적혀 있다.

이 대장원의 원래 이름은 '북황태저(北皇太邸)'였다. 그런데 울제국이 들어서면서 '황'을 '왕'으로, '태'를 '대'로 바꿔야만 했다.

'황'이나 '태' 같은 글자는 울제국 황실에서만 사용할 수 있기 때문이다.

북왕대저의 주인은 과거에는 북황야(北皇爺)로 불렸으나 지금은 북왕야(北王爺)가 된 주시중(朱施仲)이다.

그는 전대 효경황제의 친동생이기도 하다. 즉, 대명국 황제가 된 주명옥의 친숙부다.

'꿀꺽!'

우뚝 선 채 극도로 긴장한 현풍(玄風)은 자신도 모르게 마른침을 삼켰다.

그리고는 그 소리를 다른 사람이 들었을까 봐 흠칫 놀라 재빨리 눈동자를 굴렸다. 하지만 다행히 아무도 듣지 못한 것 같았다.

그의 앞에는 거구의, 아니, 비대한 체구의 북왕야 주시중이 뒷모습을 보인 채 앉아 있다.

그리고 현풍의 왼쪽 옆에는 또 한 명의 동료 호위무사가 미동도 하지 않은 채 우뚝 서 있다.

북왕야 주시중은 거의 매일 주색에 빠져 있었다. 오늘도 밤이 늦도록 흥청망청 술을 마시면서 계집들의 나긋나긋한 몸을 빨고 만지며 더듬고 있는 중이다.

주시중은 지난 이 년여 동안 매일 똑같은 생활을 반복하고 있는 중이었다.

즉, 이 년여 동안 아무 일도 하지 않고 오로지 주색에만 빠져 있었다는 뜻이다.

거기에는 그럴 만한 이유가 있었다. 원래 그는 대명제국의 황제가 되고 싶다는 야욕에 빠져 있었다.

하지만 친형인 효경황제와 그의 세 아들이 버티고 있는 대명제국의 세상에서는 그가 황제가 될 가능성은 전무한 실정이었다.

그럴 즈음에 그에게 손을 뻗쳐 온 것이 삼황사벌이다. 자신들을 도와주면 그를 대명제국의 황제 자리에 앉혀준다는 감언이설에 현혹되어 자신이 할 수 있는 모든 일을 발 벗고 나서서 해주었다.

주시중은 삼황사벌이 자금성을 급습할 때 쉽사리 잠입할 수 있도록 미리 손을 써두었으며, 황제를 호위하던 동창과 서창, 금의위를 다른 곳으로 빼돌렸다.

그 덕분에 삼황사벌은 거의 피를 흘리지 않고 자금성을 수중에 넣을 수 있었다.

또한 주시중은 북경성을 방위하는 구문제독의 우두머리를

구워삶아서 자신의 편으로 만들었다.

그뿐 아니라 군부(軍部)와 병부(兵部)를 통괄하는 대도독부와 오군도독부에 수작을 부려서 대명제국의 백이십만 대군이 뿔뿔이 흩어지도록 만들었다.

그야말로 그는 삼황사벌이 중원에 울제국을 세우는 데 일등공신이라고 할 수 있었다.

그런데도 불구하고 울제국은 주시중을 황제에 앉혀주겠다는 약속을 지키지 않았다.

아니, 이 땅에서 대명제국이라는 나라 자체가 아예 사라져 버렸다.

자금성은 울제국의 황궁이 되었고, 만조백관은 거의 대부분 삼황사벌 사람들로 채워졌다.

대명제국의 황제가 되고 싶다는 주시중의 야욕 자체가 말살되어 버린 것이다.

그 대신 울제국은 답례로 주시중에게 많은 땅과 재물을 하사했다.

그러나 원래 그는 북경성에서 손가락에 꼽을 정도로 부호였기 때문에 땅이나 재물은 아무런 소용이 없었다. 그가 필요한 것은 황제의 절대적인 권력뿐이었다.

끝없는 절망에 빠져 버린 주시중은 이후 두문불출 이곳 북왕대저에 틀어박혀서 밤낮없이 주색에만 빠져들어 오늘에 이르고 있었다.

그에게 남겨진 것은 대명제국을 삼황사벌에 팔아넘긴 '대매국노(大賣國奴)'라는 치욕스러운 이름뿐이다.

어느 누구라도 주시중 같은 상황에 처하면 술로 세월을 보내는 것 외에는 할 일이 없을 터이다.

지난 이 년여 동안 중원의 많은 협사협객들이 대매국노 주시중을 죽이려고 노력했었으나 모두 그의 얼굴도 보지 못하고 실패에 그쳤다.

북왕대저 안팎을 삼엄하게 지키고 있는 울군사들과 사병, 돈에 팔린 무림고수들 때문이다.

지금 주시중 뒤에 나란히 서 있는 두 명의 호위무사 중 한 명인 현풍은 대매국노 주시중을 죽이려는 열혈 협사협객 중의 한 명이다.

하지만 그가 처음부터 주시중의 최측근 호위무사로 근무했던 것은 아니다.

누군가의 소개로 북양대저의 일개 무사로 들어와서 주시중의 신임을 얻어 이 자리에 서기까지 이 년이라는 긴 세월이 걸렸다.

현풍이 주시중의 최측근 호위무사로 임명된 지 오늘로서 삼 일째다.

열 명의 호위무사들이 하루에 두 명씩 돌아가면서 주시중을 밀착해서 호위를 하는데, 현풍은 최측근 호위무사가 되고서도 자신의 차례를 기다리느라 삼 일 동안 대기하고 있었던 것이다.

　현풍은 대매국노 주시중을 죽이기 위해서 오래 기다리고 싶지 않았다.

　기다림은 지난 이 년으로 충분했다. 이제는 단칼에 주시중의 목을 베는 일만 남았다.

　현풍은 극도로 긴장된 마음을 추스르며 소리가 나지 않게 심호흡을 했다.

　주시중의 술자리는 거의 끝나가고 있는 중이다. 그가 술시중을 들던 계집들 중에서 마음에 드는 계집 두어 명을 골라서 양쪽에 끼고 젖퉁이나 사타구니를 음탕하게 탐닉할 때쯤이면 술자리가 파할 무렵이라는 것을 현풍은 동료들에게 들어서 알고 있었다.

　그때 현풍은 옆에 선 동료무사가 자신을 쳐다보는 것을 깨닫고 아차 싶었다.

　방금 전에 심호흡하는 숨소리를 그가 들은 것 같다는 생각이 들었다.

　동료가 쳐다보는데 이쪽에서 쳐다보지 않는 것도 뭔가 어색한 일이라고 생각한 현풍은 긴장과 어색함으로 조금 일그러진 얼굴을 하며 동료 무사를 쳐다보았다.

다행히 동료는 현풍을 보며 싱긋 미소를 지으며 가볍게 고개를 끄덕였다.

아마도 오늘 처음으로 주시중의 최측근 호위무사 임무를 수행하고 있는 현풍이 힘들 것이라고 여겨 위로하는 듯한 표정이고 몸짓인 듯했다.

현풍은 마주 미소를 지어 보였다. 자신의 미소가 제대로 됐는지 울상이 되었는지에 대해서는 자신이 없다. 그는 오직 주시중을 죽여야 한다는 생각뿐이었다.

현풍은 잠시 후에 주시중을 비롯하여 옆에 서 있는 동료 무사와 두 명의 계집들까지 모두 죽여야만 한다. 목격자를 남겨둘 수 없기 때문이다.

그런 것에 대한 죄책감은 추호도 없다. 호위무사나 계집들이나 어차피 주시중 같은 대매국노에게 빌붙어서 먹고사는 기생충 같은 연놈들이다.

제일 먼저 동료 무사의 목을 자르고, 그 즉시 검을 뽑으면서 주시중의 목을 자른다. 이후 두 계집을 차례대로 죽이면 모든 게 끝난다.

주시중을 먼저 죽이고 싶지만, 그러면 동료 무사는 당연히 현풍을 공격할 것이다.

현풍은 이곳에서 이 년 동안 생활하면서 평소 실력을 절반 이상 감추고 있었지만, 동료 무사를 단칼에 죽이지 못하면 싸우는 소리를 듣고 전각 밖에 있는 호위무사들이 쏟아져 들어 올 것이다.

　현풍은 일을 모두 마친 후에 아무 일 없었다는 듯이 유유히 이곳을 빠져나갈 계획이다.

　주시중을 죽이는 것은 중요한 거사지만, 현풍 자신이 살아 서 나가는 것도 중요하다.

　상황에 따라서는 목숨을 걸고서라도 주시중을 죽일 수 있 으나, 지금처럼 살 구멍이 있는데 구태여 목숨을 걸 필요까지 는 없었다.

　현풍은 이제 때가 됐다고 판단했다. 주시중이 두 계집을 데 리고 침실로 들어가면 현풍과 동료 무사는 방문 밖에 서 있어 야 하기 때문에 암살하는 것이 골치 아프게 된다. 그러므로 지금이 최적기다.

　그는 아까처럼 심호흡을 하거나 마른침을 삼키지 않았다. 그 대신 왼쪽에 서 있는 동료 무사에게 들키지 않으려고 최대 한 노력하면서 아주 천천히 오른손을 들어 올려 어깨의 검으 로 가져갔다.

　얼마나 조심을 하는지 오른손이 검에 닿기까지 열 호흡 이 상이 소요됐다.

　드디어 손에 가득 검파의 차가운 감촉이 느껴졌다. 이제 발 검하는 것과 동시에 동료 무사의 목과 주시중의 목을 차례로 자르면 된다.

여태까지 극도로 긴장했던 것과는 달리 막상 거사를 개시하려니까 마음이 더없이 평온해졌다. 현풍은 그것이 좋은 징조라고 자위했다.

'다 잘될 것이다.'

속으로 중얼거리고 나서 오른손에 힘을 주었다.

[멈추세요.]

"……!"

그 순간 느닷없이 그의 머릿속에서 웬 여자의 조용한 목소리가 울렸다.

그것은 외부에서 나는 소리가 아니라 그의 머리가 스스로 말한 것 같은 느낌이고 울림이었다.

그랬기 때문에 그는 그다지 크게 놀라지 않았다. 만약 그것이 누군가의 전음이었다면 그는 필경 크게 놀라서 어떤 돌발적인 반응을 보였을지도 모른다.

그렇지만 희한한 일이다. 그의 머리가 스스로 말을 하다니, 그것도 여자의 목소리로 말이다.

[지금은 주시중을 죽이지 마세요.]

그런데 머릿속의 여자 목소리가 다시 울렸다.

그 순간 현풍은 자신의 머리가 스스로 소리를 내는 것이 아니라 누군가 상승의 전음 수법으로 말을 하고 있는 것이라는 걸 깨달았다.

[나는 당신에게서 일 장도 떨어지지 않은 거리에 있으니까 나를 찾으려고 두리번거리지 마세요.]

만약 여자의 목소리가 그렇게 들려오지 않았다면 현풍은 자신도 모르게 그녀를 찾느라 두리번거렸을 것이다.

[나는 당신이 천신종의 일원이라는 것도, 주시중을 죽이려 하는 것도, 일을 끝내고 나서 신붕장(神鵬莊)으로 가려고 하는 것도 알고 있어요.]

"······."

현풍은 온몸에서 힘이 쭉 빠져나가면서 머리털이 쭈뼛거리며 소름이 좍 끼쳤다.

방금 여자가 전음으로 말한 내용은 같은 천신종의 동료들밖에 모르는 일이기 때문이다.

신붕장은 천신종이 사용하고 있는 몇 개의 은신처 중의 하나이고, 현풍은 주시중을 죽이고 나서 몇몇 동료들이 기다리고 있는 그곳에 가기로 되어 있었다.

[대매국노인 주시중은 죽어 마땅한 놈이지만 지금 죽여서는 안 돼요. 자, 이제 잠시 후에 나는 물러갈 테니까 현풍 당신은 주시중을 죽이지 말고 그를 호위하는 자신의 임무를 완수하세요. 이후 임무가 끝나면 외출을 얻어서 북왕대저 밖으로 나오면 나를 만날 수 있을 거예요.]

현풍의 얼굴은 돌덩이처럼 굳어 있었다. 그는 오른손으로 검파를 움켜잡은 채 한동안 석상처럼 움직이지 않았다.

만약 그때 옆에 서 있는 동료 무사가 봤더라면 필시 이상하게 여겼을 것이다.

끼이…….

새벽의 여명이 부옇게 밝아올 즈음에 현풍은 북양대저의 뒷문을 열고 밖으로 나왔다.

북왕야 주시중을 최측근에서 호위하는 일이 조금 전에 끝난 것이다.

그는 주시중을 죽이지 않았다. 아니, 못했다. 죽이려는 순간에 이상한 일이 벌어진 그런 상황에서 주시중을 죽일 정도로 그는 무모한 사람이 아니다.

암중의 그 여자는 주시중이 죽어 마땅한 인물이지만 지금 죽여서는 안 된다고 말했었다. 또한 자신이 현풍의 편이라고도 말했다.

현풍은 사람을 쉽게 믿는 성격이 아니다. 하지만 암중여자는 왠지 믿을 수 있을 것 같았다.

그녀가 말한 내용을 떠나서, 그녀의 목소리에는 정의로움이 가득했었다.

현풍은 정의의 편이다. 그러므로 그녀 역시 적이 아닐 것이라고 판단했다.

극도의 긴장 때문에 현풍은 피곤함도 새벽 공기의 차가움도 전혀 느끼지 못하면서 거리로 나섰다.

지금 그는 동료들이 기다리고 있는 신붕장으로 가지 않을 생각이다.

암중여자가 따라올 것이라고 생각하기 때문이다. 만에 하나 그녀가 적이라면, 현풍이 자신의 동료들을 적에게 넘기는 꼴이 되고 만다.

그는 그저 발길 닿는 대로 걸으면서 청력을 극대화시켜서 암중여자의 기척을 감지하려고 애썼다.

하지만 여자의 것이라고 판단되는 기척은 추호도 감지되지 않았다.

그로 미루어 암중여자는 현풍보다 두어 수 위의 고수가 분명한 듯했다.

[내가 먼저 신붕장으로 가서 기다리고 있겠어요.]

그때 현풍이 기다리고 있으면서도 두렵게 느끼고 있던 암중여자의 목소리가 머릿속을 울렸다.

'신붕장의 위치를 안단 말인가?

현풍은 뒤통수를 한 대 얻어맞은 듯한 충격을 받았다. 문득 암중여자가 지난밤에 한 말 중에서 '신붕장'이라고 했던 말이 떠올랐다.

그것을 보면 그녀는 이미 신붕장에 대해서 잘 알고 있는 것이 분명했다.

현풍은 귀신에 홀린 기분으로 밤을 보냈으나, 지금은 귀신에게 끌려가는 기분으로 발길을 신붕장으로 향했다.

암중여자가 정말로 신붕장의 위치를 알고 있든, 모르는 상황에서 현풍을 길잡이 삼아서 신붕장을 알아내려는 의도인지에 대해서는 머리를 쓰고 싶지 않았다.

북왕대저에서 걸어서 이각쯤 걸리는 신붕장에 도착할 때까지 현풍의 머릿속은 터질 것처럼 복잡했다.

하지만 결론도 없고 분명한 것도 없다. 여전히 귀신에게 끌려가는 기분을 떨칠 수가 없을 뿐이다.

현풍은 조심스럽게 주위를 살피면서 신붕장 뒷문을 통해서 안으로 들어갔다.

그는 대내외적으로 신붕장에서 방 한 칸을 얻어 생활하고 있는 것으로 알려졌기 때문에 출입에 그다지 신경을 쓰지 않는다.

천천히 걸으면서 주위를 날카롭게 둘러보았으나 암중여자는커녕 부지런하게 움직이는 신붕장의 하인과 하녀들 모습만 보일 뿐이었다.

암중여자는 분명히 자신이 먼저 신붕장에 가서 기다리고

있겠다고 말했었다.

 그런데 그녀가 여기에 없다는 것은, 그렇다면 혹시 안에서 기다리고 있단 말인가.

 척!

 한 채의 전각으로 들어간 그는 낭하와 복도를 이리저리 능숙하게 돌아 어느 방으로 들어갔다.

 실내 창 쪽에 놓인 탁자 둘레에 모여서 앉아 차를 마시고 있던 다섯 명이 일제히 현풍을 쳐다보는데 그들의 얼굴에는 기대와 긴장이 가득했다.

 "놈을 죽였나?"

 그렇게 다짜고짜 묻는 사람은 자금성에서 금의위로 있는 화비군(華飛君)이라는 천신종의 동료다.

 현풍은 대답을 하는 대신 재빨리 실내를 살펴보았다. 그러나 늘 보던 익숙한 서가와 가구들, 그리고 기대 어린 표정을 짓고 있는 동료의 모습이 있을 뿐, 암중여자라고 생각할 만한 여자는 어디에도 없었다.

 다섯 명의 동료는 이상한 표정을 지으면서 자리에서 일어나 현풍을 쳐다보았다.

 그가 묻는 말에 대답은 하지 않고 극도로 긴장한 얼굴을 하고 실내를 살피는 모습이 이상했던 것이다.

 "현풍, 어떻게 됐나?"

기다리던 다른 동료가 재차 물었으나 현풍은 암중여자를 찾는 일을 멈추지 않았다.

턱!

"이 친구야. 도대체 왜 그러나?"

"아……."

보다 못한 동료 한 명이 다가와서 어깨에 손을 얹자 현풍은 깜짝 놀라 화드득 정신을 차렸다. 아니, 정신을 차리려고 머리를 세차게 흔들었다.

천신종의 동료들은 지난밤에 현풍이 대매국노 주시중을 죽일 것이라는 사실을 잘 알고 있었다.

그렇기 때문에 그 결과가 어떻게 됐는지 궁금한 것은 너무도 당연한 일이다.

"어떻게 됐나? 주시중을 죽였나?"

동료들은 현풍의 이상한 행동에 뭔가 심상치 않음을 느꼈다. 그리고 금의위 화비군이 다시 한 번 물었다.

그때 고즈넉한 여자의 목소리가 실내를 잔잔히 울렸다.

"그가 어째서 주시중을 죽이지 않았는지에 대해서는 내가 설명하겠어요."

"으헛!"

"앗!"

"누구냐?"

다섯 명의 동료는 자신들의 뒤쪽에서 느닷없이 들려온 여자의 낭랑한 목소리에 크게 놀라 분분히 몸을 돌렸다.

현풍은 동료들 쪽을 향해 서 있었는데도 그들 뒤에 한 명의 아름다운 여자가 홀연히 나타나는 것을 추호도 감지하지 못하고 있었다.

현풍은 눈을 부릅뜨고 여자를 주시했다. 그는 그녀가 암중 여자일 것이라고 확신했다.

여자는 눈처럼 흰 백의경장을 입은 독고비였다.

독고비를 발견한 동료들은 화닥닥 놀라서 그녀에게서 눈을 떼지 않은 채 주춤주춤 뒷걸음질쳤으며, 현풍은 눈도 깜빡이지 않은 채 그녀를 살펴보았다.

"소저!"

그때 현풍을 제외한 다섯 명의 동료 중 한 명이 탄성을 터뜨렸다. 그는 다루에서 기개세 일행과 만난 적이 있는 구겸이었다.

독고비는 구겸을 보며 방그레 미소 지으면서 가볍게 고개를 끄덕여 보였다.

"또 만났군요."

구겸은 주춤거리며 독고비에게 다가갔다.

"소저가 어떻게 여기를……."

"여러분에게 할 말이 있어서 왔어요."

구겸은 실내를 두리번거렸다. 기개세를 찾는 것이다.

"이 공자는……."

척!

그때 방문이 열리면서 기개세와 아미가 들어서더니 훈훈한 미소를 지으며 걸어 들어왔다.

"이 공자!"

구겸은 기개세를 발견하고 마치 귀신이라도 본 것 같은 표정을 지었다.

사실 기개세와 아미, 독고비는 현풍보다 먼저 이곳 신붕장에 도착해 있었다.

그리고 현풍이 이 방에 들어설 때 독고비도 몰래 들어왔는데 아무도 눈치채지 못했다.

그녀가 호신막을 일으켜서 순간적으로 빛을 굴절시켰기 때문에 그녀가 서 있는데도 불구하고 아무도 발견하지 못했던 것이다.

기개세와 아미도 독고비와 함께 들어올 수 있었으나 그렇게 하면 모두들 너무 놀랄 것 같아서 그만두었다.

"이분은 이세, 이 공자라고 하네."

구겸이 당황스런 마음을 추스르며 동료들에게 기개세를 소개했다.

천신종 사람들은 주명옥이 구겸에게 보낸 서찰을 모두 읽었고, 또 구겸이 이세를 만난 것과 만나서 무슨 일이 있었는지에 대해서도 잘 알고 있었다.

"그런데 어째서 주시중 같은 대매국노를 죽이는 것을 말리셨소이까?"

구겸은 모두들 가장 궁금하게 여기고 있는 것을 단도직입적으로 물었다.

기개세는 담담한 표정으로 대답했다.

"우리 일에 방해가 되기 때문이오."

그의 말에 천신종 사람들 얼굴에 노골적으로 불쾌함이 가득 떠올랐다.

그가 하는 일이 무엇인지는 몰라도 주시중을 죽이는 것보다는 중요하지 않을 것이라는 생각이었다.

설혹 더 중요하다고 해도 남의 거사를 함부로 방해하는 것은 모두를 불쾌하게 만들기에 충분했다.

그때 금의위 화비군이 한 걸음 앞으로 성큼 나서면서 차갑게 굳은 얼굴로 기개세에게 물었다.

"귀하의 일이라는 것이 대체 무엇이오? 설마 율가륵을 암살하기라도 하려는 것이오?"

사흘 전에 기개세는 구겸을 만난 자리에서 자금성 내의 전력과 울황제 주변에 어느 정도의 호위가 있는지에 대해서 알고 싶다고 말했었다.

화비군은 발끈하는 성미 때문에 그렇게 묻기는 했으나 기개세가 율가륵을 암살할 것이라고는 그뿐만이 아니라 모두들 반 푼 어치도 생각하지 않았다.

그런데 기개세는 잔잔하게 미소 지으면서 가볍게 고개를 끄덕이는 것이 아닌가.

"그렇소."

"우린 지금 농담할 기분이 아니오!"

화비군은 모두를 대신해서 언성을 높였다.

그때 독고비가 화비군을 향해 불쑥 손을 내밀었다.

"무엄하다."

스으으…….

"으헛!"

그러자 육 척이 훨씬 넘는 거구인 화비군이 얼음판 위를 미끄러지듯이 독고비를 향해 빨려가는 것이 아닌가. 그는 놀라서 눈을 화등잔처럼 크게 떴다.

혼비백산한 표정의 화비군은 독고비의 두 걸음 앞에서 멈추었다. 하지만 그것으로 끝난 것이 아니다.

독고비가 손가락 끝을 까딱하면서 위로 올리자 화비군의 몸이 둥실 허공으로 떠올랐다.

"으아……."

평소에는 다혈질이며 강직한 성격으로 소문난 화비군이

대매국노(大賣國奴)

사색이 되어 비명을 지르는 모습을 구경할 수 있는 기회는 자주 있는 것이 아니다.

화비군은 두 발이 바닥에서 두 자 이상이나 떠올랐으나 어찌 된 일인지 손가락 하나 까딱할 수가 없었다. 온몸이 마비된 것처럼 뻣뻣해졌기 때문이다.

금의위 신분인 화비군은 강호로 치자면 일급 일류고수 수준의 실력자다.

그런 그가 손가락 하나 까딱하지 못한 채 이런 황당한 일을 당하고 있다면 독고비의 실력이 어느 정도인지 대충 짐작이 갈 것이다.

현풍과 동료들은 화비군이 낭패한 꼴을 당하고 있는데도 함부로 발작하지 않았다.

독고비나 기개세 등이 두려워서가 아니라 그들이 적이 아니라는 사실을 잘 알고 있기 때문이다.

이들 여섯 명 중에서 나이가 가장 많은 구겸이 독고비에게 정중히 물었다.

"소저, 무엇 때문에 그를 핍박하는 것이오?"

독고비의 얼굴은 서릿발처럼 싸늘했다.

"버릇없는 자를 혼내는 거예요."

화비군이 한 말이라곤, 기개세에게 '지금 농담할 기분이 아니다'라고 말한 것이 전부다. 그렇다면 독고비는 그 말이

버릇없었다는 것이다.

　현풍은 원래 무림인이다. 명문정파인 형산파(衡山派)의 후기지수 중에서도 단연 손꼽히는 제자였다.

　그는 독고비가 누구인지 아무리 생각해 봐도 도무지 떠오르지 않았다.

　당금 무림에 저토록 아름다우면서 초절한 상승무공을 지닌 여자가 있는지조차도 의문이다.

　정신을 추스른 현풍이 독고비에게 정중하게 포권을 하면서 물었다.

　"실례지만 소저는 누구시오?"

　"수수께끼를 내겠어요."

　누구냐고 묻고 있는데 다짜고짜 수수께끼를 내겠다고 하는 독고비다.

　"나는 구대문파 출신이에요."

　그것만으로는 단서가 부족하다. 천신종 사람들은 고개를 갸웃거렸다.

　"나는 또한 누군가의 부인이기도 해요."

　구대문파 출신이면서 누군가의 부인인 여자는 무림에 수천 명도 더 될 것이다.

　독고비는 재미없다는 표정을 지었다.

　"이런 말까지는 하지 않으려고 했는데, 그럼 당신들이 죽을 때까지 모를 것 같아서 할 수밖에 없군요."

천신종의 여섯 사람은 아닌 체하면서도 독고비의 수수께끼에 깊이 빠져들고 있었다.

"내 남편에게는 다섯 명의 부인이 있어요. 첫째 부인은 천족의 미인이고, 둘째 부인은 강남천궁, 셋째 부인은 강북천봉이에요. 그리고 나는 그의 다섯 번째 부인이지요."

"아아!"

"오……!"

여섯 명의 입에서 거의 동시에 탄성이 터져 나왔다. 독고비가 방금 말한 내용에 대해서, 무림인이든 아니든 당금 천하에서 그것을 모르는 사람은 없었다.

순간 현풍이 대경실색에 가까운 표정을 지으며 독고비를 가리켰다.

"이제 보니 소저께서 천불지도의 불도주셨군요……!"

무림황제, 아니, 이 땅의 진정한 황제인 천검신문 태문주에 대한 소문은 너무도 유명하다.

그중에서도 태문주의 영웅행과 다섯 부인에 얽힌 사랑과 가족 이야기 등은 수많은 노랫말과 경희(京戱:노래, 춤, 연극의 혼합 전통극)의 단골 주제로 사용되기도 할 정도다.

독고비는 손을 내려 화비군을 바닥에 내려주었다.

화비군은 온몸의 마비가 풀리는 것을 느끼면서 눈을 껌뻑거렸다. 마치 지옥 문턱에 다녀온 기분이다.

그때 여섯 사람의 시선이 이끌리듯이 독고비에게서 기개세에게로 옮겨졌다.

"설마……."

누군가의 입에서 그런 중얼거림이 흘러나왔다.

"이런, 맙소사……."

"어이구, 이런……."

한순간 여섯 사람은 신음 소리를 내면서 그 자리에 고꾸라지듯이 부복했다.

"소인들이 태문주를 뵈옵니다……!"

第百三十一章

복병(伏兵)

대사부

"나는 율가륵을 죽일 생각이네."

기개세의 조용한 목소리가 실내를 자늑자늑 울렸다.

하지만 천신종 여섯 사람의 귀에는 천둥소리보다 더 크게 들렸다.

"그리고 할 수 있으면 자금성을 되찾을 생각이야."

"자금성을……."

여섯 명 중에 누군가 넋이 나간 듯이 중얼거렸다.

실내의 복판에는 의자에 기개세를 중심으로 좌우에 아미와 독고비가 앉아 있고, 그 앞 탁자 너머에는 천신종의 여섯 사람이 나란히 늘어서 있다.

　울제국의 황제인 율가륵을 죽이고, 자금성을 수복한다는 말만 듣고도 여섯 사람은 가슴이 벅차고 얼굴이 벌겋게 달아올라서 어쩔 줄을 몰라 했다.

　이제 그들은 기개세의 말이 더 이상 농담이라고 생각하지 않는다.

　그렇게 말한 사람이 전설상의, 그리고 천하를 구할 유일한 희망인 천검신문 태문주이기 때문이다.

　여섯 사람은 가슴속에서 끓어오르는 격한 흥분을 가라앉히는 데 꽤 오랜 시간이 걸렸다. 그리고 그들은 또 한동안 뭔가를 상의했다.

　그들이 머리를 맞대고 소곤거리는 말소리가 기개세 일행의 귀에 다 들리기 때문에 구태여 소곤거릴 필요가 없는데도 그들은 열심히 소곤거렸다.

　이윽고 상의(?)를 끝낸 그들이 기개세 일행 쪽으로 다가왔고, 구겸이 공손히 결정 상황을 말해주었다.

　"소인들 천신종에는 종주(從主)께서 계십니다. 종주께선 평소에 태문주님을 몹시 존경하셨기 때문에 이 일은 그분을 모신 자리에서 논하고 싶습니다."

　다 알고 있는 사실이지만 기개세는 빙그레 미소 지으면서 고개를 끄덕였다.

"그러도록 하게."

"태문주님과 두 분 부인께서 누추하지만 이곳에서 머무시면 평생의 영광이겠습니다."

"그러지."

선선하게 대답하는 기개세 머릿속에는 어떻게 하면 율가륵을 죽이고 자금성을 되찾을 수 있을 것인가 하는 궁리로 가득 차 있었다.

반면에 아미와 독고비는 오늘 밤에 어떻게 하면 기개세와 함께 셋이서 질탕하게 육체의 향연을 벌일까를 궁리하느라 머릿속이 반짝반짝 빛났다.

독고비와 거의 붙어살다시피 하는 아미는 겉모습만 천족일 뿐이지 속은 점점 독고비를 닮아가고 있었다.

기개세 일행이 신붕장에 묵은 지 꼬박 하루가 지나고 밤이 찾아왔다.

기개세 일행은 전날과는 다른 꽤 크고 화려한 접객실로 안내되었다.

기개세와 아미, 독고비가 탁자 앞 의자에 나란히 앉아서 차를 마시고 있을 때 문이 열리고 일단의 사람들이 줄지어 들어섰다.

들어와서 기개세 앞에 늘어선 사람은 모두 열세 명이며, 그들 중에는 어제 기개세가 만났던 천신종의 여섯 명이 섞여 있었다.

천신종은 모두 오십 명이지만 오늘 밤에는 운신이 자유로운 사람만 모였다.

다른 사람들은 의심을 사지 않기 위해서 자신들의 맡은 직무에 종사하고 있는 것이다.

열세 명은 기개세 일행에게 더 이상 공손할 수 없는 동작으로 절을 올렸다.

이후 구겸이 어제 소개한 사람 외의 사람들을 기개세에게 한 명씩 소개했다.

그러고 있는 사이에 네 명의 하녀가 술과 요리가 담긴 쟁반을 들고 들어와 조심스럽게 탁자에 차렸다.

탁자는 모두 둘러앉는다고 해도 대여섯 명 이상은 무리일 것 같았다.

기개세는 자리에서 일어나 바닥에 주저앉으며 술상을 바닥에 차리도록 했다.

사람들은 크게 놀라고 당황했으나 곧 기개세의 호탕한 성품에 감명을 받았다. 하지만 아무도 먼저 바닥에 앉으려고 하지 않았다.

그때 하녀 한 명이 갑자기 기개세를 향해 무릎을 꿇고 공손히 절을 올렸다.

"소녀 평소에 하늘처럼 흠모하고 있던 태문주를 뵙게 되어 무상의 영광이에요."

술과 요리를 차리고 난 하녀들이 다 나간 줄 알았더니 한 명이 나가지 않았던 모양이다.

예상하지 않았던 일이 벌어지는 바람에 기개세는 가볍게 표정이 변했고, 아미와 독고비는 깜짝 놀랐다.

그러나 기개세는 곧 어떻게 된 영문인지 깨닫고 입가에 희미한 미소를 머금었다.

하녀가 느닷없이 절을 하는데도 천신종 사람들이 만류하지 않고 가만히 서 있는 것을 보고 그녀가 바로 천신종의 종주일 것이라고 짐작한 것이다.

"일어나시오."

기개세가 고개를 끄덕이자 하녀는 허리를 펴더니 상체를 꼿꼿하게 세운 채 기개세를 똑바로 주시했다.

그녀를 정면으로 보는 순간 기개세는 가볍게 놀라는 표정을 지었다.

첫째, 그녀의 나이가 너무 어렸다. 잘 해봐야 이제 겨우 십육칠 세 정도 됐을까 싶은 앳된 얼굴이다.

둘째, 그렇게 어린 나이치고는 표정이 지나칠 정도로 당당하고 또 야무졌다.

마치 산전수전 두루 겪은 기녀나 백전노장 같은 기개를 지니고 있었다.

 셋째, 기개세는 그녀의 눈빛을 보고 뜻밖에도 꽤 높은 공력을 지니고 있음을 간파했다. 최소한 백 년 이상의 내공을 지닌 것이 분명했다.

 기개세는 이미 평정을 되찾았으나 아미와 독고비는 여전히 놀라고 있었다.

 평범한 하녀 차림의 그녀가 천신종주일 것이라는 사실을 짐작하자 놀라움이 이어지고 있는 것이다.

 그런데 단정하게 무릎을 꿇은 채 기개세를 말끄러미 바라보고 있던 하녀 차림의 소녀가 갑자기 굵은 눈물을 뚝뚝 흘리는 것이 아닌가.

 하늘이 무너진다고 해도 그다지 놀라지 않을 기개세지만, 예쁘장한 어린 소녀가 갑자기 닭똥 같은 눈물을 흘리며 울자 적이 당황했다.

 "낭자, 왜 그러시오?"

 소녀는 흐르는 눈물을 닦을 생각도 하지 않은 채 기개세를 바라보며 흐느끼듯 말문을 열었다.

 "태문주께서 소녀의 셋째 오라버님에게 너무도 큰 은혜를 베풀어주셨다는 것을 잘 알고 있어요. 뭐라고 감사를 드려야 할는지 모르겠어요……. 흑흑!"

 기개세는 의아한 표정을 지었다.

"내가 낭자의 오라비에게 은혜를? 언제? 무엇을?"

그때 지켜보고 있던 구겸이 공손히 허리를 굽혔다.

"태문주님, 이분께선 우리 천신종의 종주이신 명혜공주(明慧公主)이십니다."

"명혜공주……?"

어리둥절해서 중얼거리던 기개세는 한순간 정신이 번쩍 들었다.

"명혜공주라고?"

"그렇습니다."

"돌아가신 전대 효경황제의 금지옥엽인 그 명혜공주란 말인가?"

"그렇습니다."

기개세 얼굴에 놀라움과 반가움이 떠올랐다.

"죽었다는 소문이 있었는데… 살아 있었단 말인가?"

효경황제가 처참하게 암살당할 때 그 자리에 있던 명혜공주도 함께 죽었다는 소문이 파다했었다.

"죽은 분은 명혜공주님보다 한 살 많은 사촌 언니였습니다. 공주님께선 그 당시에 출타 중이셨는데 사촌께서 대신 변을 당하셨지요."

"오……."

기개세와 아미, 독고비의 만면에 진심으로 기쁜 기색이 완연하게 피어났다.

원래 효경황제에겐 세 아들과 딸 하나가 있었다. 막내 외동딸이라서 황제와 세 오라비의 사랑을 듬뿍 받으면서 세상물정 모르고 자란 명혜공주가 죽지 않고 살아서 기개세 앞에 모습을 나타낸 것이다.

"이후 공주님께선 은밀한 곳에서 금의위태장(錦衣衛太將)과 황궁시위대장(皇宮侍衛大將)에게 무공을 배우시다가 북경성에 돌아오신 지 이제 반년쯤 되셨습니다."

금의위의 우두머리인 금의위태장과 황궁시위대의 우두머리인 황궁시위대장은 자금성이 함락될 당시에 치열하게 싸우다가 중상을 당했었다.

세인들에게서 잊혀진 그들이 명혜공주를 거두어 은밀한 곳에서 무공을 가르쳤던 것이다.

명혜공주 주소령(朱素翎)은 눈물을 방울방울 흘리면서 조그맣고 도톰한 입술을 열었다.

"두 분 사부님께선 소녀에게 일신의 무공을 모두 물려주시고… 당신들의 공력까지 남김없이 물려주신 후에 조용히 눈을 감으셨어요."

금의위태장과 황궁시위대장은 강호로 치면 절정고수를 능가하는 실력의 소유자들이었다.

"명혜공주가 살아 있었다니 정말 잘된 일이오. 실로 하늘이 도우셨소."

 아미는 일 장 앞에 뚝 떨어져 앉은 명혜공주 주소령에게 손을 뻗었다.

 "이리 가까이 와요."

 주소령은 반가운 표정을 지으며 비틀거리면서 일어섰다. 하지만 아무도 그녀를 부축하지 않았다. 아니, 못했다. 그것을 보면 천신종 사람들이 그녀를 천만금처럼 소중하게 여긴다는 사실을 잘 알 수가 있었다.

 부르기는 아미가 불렀는데 주소령은 기개세 앞에 바싹 붙어서 무릎을 꿇고 앉았다.

 그녀는 뛰어들고 싶을 정도로 크고 맑은 두 눈으로 기개세를 말끄러미 올려다보면서 눈물을 글썽이며 말했다.

 "두 분 사부님께선 돌아가시기 전에 소녀에게 당부하셨어요. 기필코 천검신문 태문주를 만나 그분을 도와 대명제국을 되찾으라고……."

 당금 십칠 세의 그녀는 예전 어렸을 때의 소랑 정도의 자그마한 체구를 지니고 있었다.

 그녀가 꽃잎 같은 입술을 나풀나풀거리면서 말하자 젖내 같기도 하고 달콤한 사과 향기 같기도 한 입 냄새가 몰캉몰캉 끼쳐 왔다.

 "그런데 태문주께서 소녀의 셋째 오라버님을 대명국의 황제로 즉위시켰다는 소문을 듣고… 소녀는 너무 감격해서 숨이 멎어버리는 줄 알았어요."

그녀의 두 눈은 두 개의 맑은 샘물처럼 끊임없이 눈물이 솟아 나왔다.

이곳에 있는 천신종 사람들은 주소령이 우는 모습을 지금 처음 보는 것이다. 평소에 그녀는 모두에게 강인한 모습만 보여주었었다.

기개세는 삼황사벌의 자금성 급습으로 졸지에 부모를 잃고 또한 자신을 길러준 두 명의 사부마저 잃은 주소령이 너무도 가엾게 여겨졌다.

그는 천천히 손을 뻗어서 그녀의 머리를 부드럽게 쓰다듬었다. 이 순간의 그는 태문주가 아닌 그저 자상한 오빠 같은 마음일 뿐이다.

"이제 괜찮소. 울지 마시오."

"으앙—!"

순간 주소령은 어린아이처럼 큰 소리로 울음을 터뜨리면서 기개세의 품으로 뛰어들었다.

"으아앙~! 엉엉!"

숨이 끊어질 듯이 울어대는 주소령을 기개세는 포근히 안아 부드럽게 등을 쓰다듬어 주었다.

지금 그는 주소령의 어버이며 오라비다. 또한 그녀는 집을 잃고 헤매다가 폭우에 휘말린 가여운 새 한 마리고, 기개세는 비를 충분히 가려줄 무성한 나뭇가지를 지닌 한 그루 거목이다.

주소령의 울음은 쉬이 그치지 않았다. 그녀는 자꾸만 기개세 품속으로 더 깊이 파고들며 목이 쉬도록 울었다.

천신종 사람들은 더러는 흐뭇한 얼굴로, 그리고 나머지는 눈물을 글썽이며 그 모습을 바라보았다.

아미는 엷은 미소를 짓고 있고, 독고비는 왠지 초조한 표정을 짓고 있다. 여자로서 본능적인 경계심이 뭉클 솟아났기 때문이다.

기개세와 주소령은 나이 차이가 다섯 살이나 나지만, 사실 남녀 사이에 다섯 살은 많은 차이가 아니다.

세상에는 적령기의 남녀가 사랑이나 혼인을 하는 것이 상식적인 일이다.

하지만 아버지와 딸 같고, 심지어는 할아버지와 손녀 같은 나이 차이가 나는데도 짝이 돼서 아이들 쑥쑥 낳고 잘 먹고 잘사는 경우가 매우 흔하기 때문이다. 거기에 비하면 다섯 살 차이는 아무것도 아닌 것이다.

독고비의 눈동자는 자꾸 옆으로 돌아갔다. 주소령이 얼마나 기개세 품속으로 깊이 파고드는지, 두 사람의 몸이 얼마나 밀착하는지 살피려는 것이다.

그러나 독고비는 더 이상 초조한 표정을 짓지 않았다. 그럴 필요가 없어졌기 때문이다.

바닥에 차려진 술자리에 천신종 사람들이 하나둘씩 둘러앉기 시작하자 주소령은 기개세의 품에서 벗어나 원래의 자리인 맞은편으로 돌아가 그와 마주 보고 앉았다.

이후 여러 가지 일들을 논의하는 동안에도 주소령은 시종일관 천신종주로서의 의연함과 당당함을 잃지 않아서 독고비를 안심하도록 만들었다.

또한 주소령은 소옥군과 독고비를 합쳐 놓은 것만큼이나 총명하고 기억력이 출중했다.

그녀는 천신종 소속의 오십 명이 무슨 일에 종사하고 있는지, 그리고 그들이 무슨 일에 도움이 될 수 있는지를 막힘없이 줄줄 풀어놓았다.

주소령은 북경성에 오자마자 천신종의 종주가 되었다. 그 당시 천신종에 소속된 삼십오 명이 만장일치로 그녀를 추대했기 때문이다.

이후 그녀는 불과 반년 사이에 십오 명을 더 천신종에 가입시켰다.

또한 그들 십오 명은 하나같이 자금성 내에서 요직에 있는 사람들이다.

이 자리에서의 말은 주소령이 혼자 다 했다. 북 치고 장구까지 치는 것이다.

천신종 사람들은 고개를 끄덕이면서 그녀의 말에 동조를 하는 것이 전부였다.

그리고 기개세는 묵묵히 들으면서 아미와 독고비가 따라주는 술과 집어주는 안주를 넙죽넙죽 받아먹었다.

주소령이 펼쳐 놓는 정보들을 기개세는 취합하고 정리해서 필요한 것만 고르면 되는 것이다.

조금 전까지만 해도 기개세 품에 안겨서 하염없이 울어대던 십칠 세 울보 소녀가 지금은 한 치의 빈틈도 보이지 않는 여장부가 되어 있었다.

"부탁이 있어요."

긴 시간 동안 장황한 설명을 끝낸 주소령이 기개세를 바라보며 공손한 표정을 지었다.

기개세가 말해보라고 고개를 끄덕이자 주소령은 새빨간 혀를 내밀어 마른 입술을 축였다.

"태문주께서 율가륵을 죽이실 때 부디 소녀도 곁에서 지켜보게 해주세요."

그녀의 말에 천신종 사람들은 가슴이 뭉클했고, 그녀의 간절한 표정을 보고는 두 눈이 뜨거워졌다.

그녀가 기개세에게 왜 그런 부탁을 하는지 모르는 사람은 없을 것이다.

 부모를 죽인 원흉이 죽어가는 광경을 자신의 눈으로 똑똑히 보려는 것이다.

 또한 그녀가 그런 부탁을 하는 것은, 기개세가 율가륵을 죽일 것이라고 믿기 때문이다.

 기개세는 그녀의 심정을 십분 이해하고도 남는다. 하지만 그는 그녀가 지금처럼 당당한 여장부의 모습이기보다는 아까처럼 하염없이 우는 그 나이 또래에 걸맞은 소녀이기를 바라고 있다.

 기개세는 그녀를 바라보면서 담담히 미소 지었다.
 "내 부탁을 하나 들어주면 공주의 부탁을 들어주겠소."
 주소령은 얼른 물었다.
 "뭐든지 말씀하세요. 소녀의 목숨을 원하신다면 율가륵이 죽는 것을 본 후에 가져가세요."
 기개세는 훈훈한 표정을 지었다.
 "이제부터 나를 오빠라고 부를 수 있겠소?"
 순간 주소령의 두 눈이 동그랗게 커졌다. 그녀는 기개세가 왜 그런 부탁을 하는지 즉시 알아차렸다. 그를 오빠라고 부르게 되면, 아까처럼 어린 소녀다운 모습으로 그를 대해야 한다는 사실을.

 하지만 그녀는 길게 생각할 것도 없다는 듯 밝은 목소리로 냉큼 대답했다.

"알았어요, 오라버니."

순간 독고비의 안색이 홱 변했다.

'위험해!'

반면에 천신종 사람들은 아까보다 더 흐뭇한 표정으로 기개세와 주소령을 바라보았다.

비록 멸망했으나 대명제국의 천만금 같은 공주를 여동생으로 거둘 만한 자격을 갖춘 사람은 이 땅에 천검신문 태문주뿐일 것이다.

"이리 오너라, 소령아."

"네, 오라버니."

기개세가 빙그레 미소 지으면서 손짓하자 주소령은 앵무새처럼 대답하고는 쪼르르 달려가 그의 곁에 찰싹 붙어서 앉았다.

'위험해! 몹시 위험해!'

독고비는 속으로 처절하게 부르짖었다. 그녀의 절박한 심정을 아는 사람은 아무도 없었다.

'울황위전신대라고?'

기개세는 아무 일도 없는 듯 아미와 독고비와 함께 침상에서 한바탕 폭풍우처럼 정사를 치르고 나서 혼자 일어나 탁자 앞에 앉아 그렇게 속으로 중얼거렸다.

두 여자에게는 드러내지 않았지만 주소령의 설명을 들은 이후부터 가슴속이 답답했었다.

주소령의 설명에 의하면, 만 명으로 이루어진 울황위전신대는 울전대(兮戰隊)라고 약칭되며, 언제나 울황제 곁을 그림자처럼 호위하는 무적강병(無敵强兵)이다.

그러나 더 놀라운 사실은 신삼별조라고 해도 울전대와 붙으면 한 시진도 버티지 못한다는 것이었다.

천라대가 천검신문의 눈과 귀가 되어 모든 정보를 수집했으나 울황제 율가륵 옆에 울전대가 있다는 사실은 알아내지 못했다.

기개세는 주소령에게 그런 말을 듣기 전까지만 해도 울제국에서 가장 강한 조직이 신삼별조라고만 생각했었다. 그래서 신삼별조에 대한 대비만 했었다.

그런데 신삼별조를 불과 한 시진도 못 돼서 괴멸시킬 정도로 가공한 또 다른 조직이 존재하고 있었다니, 갑자기 낭떠러지 끝에 서 있는 기분이 들었다.

'어떻게 한다……'

그는 알몸으로 탁자 앞에 앉아서 손가락으로 탁자를 두드리며 생각에 잠겼다.

한 가지 분명한 것은, 율가륵 옆에 울전대가 있는 이상 자금성 공격은 불가능하다는 사실이었다.

그 정도로 막강한 울전대라면 기개세가 지난 일 년여 동안 공들여서 키운 사무영대와 불도고수들, 즉 천검오십전단으로도 어떻게 해볼 수가 없는 상황이다.

아미와 독고비는 아까 기개세가 침상에서 내려갈 때 깼으나 움직이지 않고 가만히 있었다.

그가 지금처럼 깊은 생각에 골몰할 때에는 그녀들이 도와줄 것이 없기 때문이다.

그녀들은 기개세가 무엇 때문에 잠을 이루지 못하는지 잘 알고 있었다.

그래서 그녀들도 알몸으로 침상에 누워 이리 뒤척이고 저리 뒤척이면서 궁리에 궁리를 거듭하고 있었다.

'방법은 하나뿐이다.'

한 시진 동안이나 골몰한 끝에 기개세는 어렵사리 결론을 내렸다.

'나 혼자 단독으로 자금성에 잠입해서 율가륵만 죽이고 빠져나오는 것이다.'

그런 방법이라면 승산이 있다고 생각했다. 하지만 그게 성공하더라도 반쪽뿐인 성공이다.

자금성을 탈환하지 못해서는 완전한 성공이라고 할 수 없는 것이다.

그리고 율가륵을 죽일 때 곁에서 지켜볼 수 있게 해주겠다던 주소령과의 약속을 지키지 못한다.

그렇지만 지금 상황으로선 방법이 그것 하나뿐이다. 어쩔 수가 없다.

울전대라는 복병이 웅크리고 있을 것이라는 사실을 까맣게 모르고 있었던 것이 실수였다.

"오라버니."

밤을 꼬박 지새우고 동이 부옇게 틀 때야 겨우 잠자리에 든 기개세는 혼곤한 잠에 빠져 있다가 누가 방문 밖에서 조심스럽게 부르는 소리에 번쩍 눈을 떴다.

'소령.'

주소령의 목소리였다.

"들어오너라."

기개세는 그렇게 말하고는 조금 더 뒤척이다가 부스스 상체를 일으켜 앉았다.

척!

그때 주소령이 종종걸음으로 바삐 들어섰다.

"아!"

침상으로 걸어오던 주소령은 기개세가 알몸으로 책상다리를 하고 앉아 있는 모습과 아미와 독고비 역시 알몸으로 이불을 덮지도 않은 채 서로 뒤엉켜서 자고 있는 모습을 발견하고 그 자리에 얼어붙었다.

"응? 아……."

그러나 기개세는 아무렇지도 않은 듯 너무도 태연하게 아미와 독고비 몸에 이불을 덮어주고는, 자신의 하체에 이불을 덮었다.

"무슨 일이니?"

그는 주소령에게 침상에 걸터앉으라는 시늉을 하면서 궁금한 듯 물었다.

주소령은 몹시 놀라고 또 당황했으나 지금은 그런 것을 논할 때가 아니라서 기개세 앞 침상에 조그만 궁둥이를 붙이고 걸터앉았다.

"울전대 말이에요."

그렇게 말하는 그녀의 눈이 어제처럼 맑지 않은 것을 보니 그녀도 울전대 때문에 고민하느라 밤을 샌 모양이다.

기개세는 고개를 끄덕였다.

"그래."

"오라버니께 좋은 생각이 있나요?"

기개세는 씁쓸한 표정을 지으며 고개를 가로저었다.

"없다."

그는 자신 혼자 자금성에 잠입하여 율가륵을 죽이려는 계획에 대해서는 아직 말하지 않았다.

"소녀에게 한 가지 방법이 있어요."

기개세는 귀와 눈이 번쩍 뜨였다.

"그게 뭐냐?"

그가 흥분하는 것과는 달리 주소령은 차분했다.

"울전대를 밖으로 끌어내는 거예요."

"끌어내?"

"네."

기개세는 정신이 번쩍 들었다. 울전대를 어떻게 상대할 것인지만 밤새도록 궁리했지 그들을 자금성 밖으로 끌어내는 간단한 생각은 왜 못했는지 어이가 없었다.

주소령은 반짝반짝 눈을 빛냈다. 기개세는 그녀가 기발한 생각을 말하려는 것이라고 짐작했다.

"율가륵이 자신의 목숨만큼이나 소중하게 여기는 것이 두 가지 있어요."

기개세는 율가륵 같은 패도적인 황제에게도 그런 것이 있구나, 하는 신기한 생각이 들었다.

"일곱 번째 부인과 그 딸이에요."

그런데 주소령의 입에서 나온 말은 전혀 뜻밖이다. 율가륵이 목숨만큼이나 소중하게 여기는 것이 기껏 부인과 딸이라니, 그답지 않은 일이다.

"율가륵의 일곱째 부인은 아호가 천상녀(天上女)라고 하는데, 미모가 워낙 뛰어나서 지상에는 가히 견줄 여자가 없기 때문이라는군요."

"흠."

기개세의 콧소리가 천상녀에 대한 관심이라고 생각했는지 이불 속에서 독고비가 그의 궁둥이를 꼬집었다.

"그리고 천상녀에게는 이제 십오 세가 된 어린 딸이 한 명 있는데 그녀 또한 어미를 능가하는 미모의 소유자라고 하는군요."

"흠! 흠!"

기개세가 이번에는 콧소리를 두 번이나 내자 독고비는 캄캄한 이불 속에서 눈을 샐쭉하게 뜨고는 기개세의 몸 일부를 덥석 잡았다.

그런 것을 까맣게 모르는 주소령은 계속 진지한 얼굴로 말을 이었다.

"천상녀 모녀는 이삼 일에 한 차례씩 북경성 서쪽의 영정하(永定河)로 산책을 나가요. 그때 그녀들을 공격하는 것이 좋을 것 같아요."

너무 단순한 방법이라서 기개세는 고개를 모로 꼬며 반신반의하는 표정을 지었다.

"하지만 그 정도로 울전대를 자금성에서 끌어낼 수 있을지 모르겠군."

"천상녀 모녀를 생포하세요. 그럼 율가륵이 울전대를 내보낼 거예요."

"흐음······."

심각한 부분인데도 기개세는 눈을 게슴츠레 뜨고 몽혼한 표정을 지었다.

주소령은 기개세 하체를 덮은 이불이 들썩거리고 있는 것을 보고 이상하게 여겼으나 대화의 본질에서 벗어나고 싶지 않아서 모른 체했다.

"천상녀 모녀를 호위하는 것은 금의위와 황궁시위대 각 오백 명씩, 천 명이에요."

기개세는 조금 어이없다는 표정을 지었다. 기껏 여자 두 명을 호위하는 데 금의위와 황궁시위대 같은 쟁쟁한 고수들을 천 명씩이나 따르게 한다는 것 때문이다.

그러나 그게 사실이라면 율가륵이 천상녀 모녀를 목숨만큼 소중하게 여긴다는 말이 맞는 것 같다.

주소령은 자꾸만 들썩이는 이불이 거슬리는지 힐끗 쳐다보고 나서 말했다.

"금의위와 황궁시위대 천 명을 모두 죽이고 천상녀 모녀를 생포해야만 해요. 그래야지만 울전대를 내보낼 거예요. 틀림없어요."

기개세는 팔짱을 끼고 고개를 가로저었다.

"그렇더라도 내가 율가륵이라면 울전대의 일부만 내보낼 것이다."

주소령은 살래살래 고개를 가로저었다.

"그렇지 않아요."

"어째서?"

"울전대는 일부나 절반으로는 전력을 발휘하지 못해요. 반드시 일만 명 전부가 있어야지만 무적강병의 위용을 발휘해요. 그러므로 울전대를 일부만 내보내는 것은 있을 수 없는 일이에요."

기개세는 무슨 소리냐는 표정을 지었다.

"울전대 전체가 있어야지만 무적강병이 된다는 것인가? 어째서 그렇지?"

"자세한 것은 모르지만 소녀가 들은 정보들을 종합하면 그런 것으로 나오더군요."

기개세는 자못 진지한 표정을 지으며 한동안 깊은 생각에 잠겼다.

그러는 동안 주소령은 가을하늘처럼 맑은 눈으로 그를 말끄러미 바라보았다.

콩!

"아야!"

그때 기개세가 검미를 찡그리더니 갑자기 주먹으로 자신의 사타구니를 덮고 있는 이불을 가볍게 때렸다. 그러자 이불 속에서 여자의 비명 소리가 흘러나왔다.

주소령은 깜짝 놀라서 눈을 동그랗게 뜨고 기개세와 이불을 번갈아 쳐다보았다. 이불은 더 이상 들썩거리지 않고 잠잠해졌다.

"이렇게 하자."

잠시 후에 기개세가 생각을 끝내고 입을 열었다.

"말씀해 보세요."

"울전대를 영정하가 아닌 더 먼 곳으로 유인해야겠다. 영정하는 북경성과 너무 가깝다."

가깝기 때문에 울전대가 출동을 하더라도 즉시 돌아올 수 있다는 뜻이다.

주소령은 호기심 어린 표정으로 물었다.

"더 먼 곳이라면 어디가 좋은가요?"

"이를테면 바다 같은 곳이지."

짝!

"좋은 생각이에요! 울전대를 바다로 유인해서 수장시켜 버리면 되겠군요!"

기개세는 고개를 끄덕였다.

"그렇지. 울전대가 제아무리 무적강병이라고 해도 드넓은 바다 한복판에서 자신들이 타고 있는 배가 가라앉으면 속수무책이겠지."

주소령은 다시 조금씩 들썩이기 시작한 이불을 힐끔 쳐다보고 나서 빠른 어조로 말했다.

"우선 영정하에서 천상녀 모녀를 생포한 후에 그녀들을 데리고 동해로 가서 배에 태우고 먼바다로 나가는 거예요. 이어서 울전대가 출동하여 바다로 나가면 그들을 모조리 수장시키고, 그사이에 우리는 자금성에 잠입하여 율가륵을 죽이는 거예요."

기개세는 고개를 끄덕이면서도 듣다가 엄지손가락을 세우며 빙그레 미소 지었다.

"우리 소령이 최고다."

"헤헤! 고마워요, 오라버니."

주소령은 부끄러운 듯 얼굴을 붉히더니 용기를 내서 와락 기개세의 품에 안겼다.

그 바람에 주소령의 무릎이 이불 속에 있는 뭔가 단단하고 둥근 물체에 부딪쳤다.

"에고!"

이불 속에서 또다시 비명 소리가 터졌다.

확!

주소령은 깜짝 놀라서 이불을 제쳤다.

그러자 이상한 자세로 있던 독고비가 부스스한 얼굴로 그녀를 바라보며 벌쭉 웃었다.
 주소령은 독고비에게 다시 이불을 덮어주고는 침상에서 내려와 문으로 걸어가면서 점잖게 충고했다.
 "언니, 깨어나자마자 그렇게 이불 속에서 벌겋게 설익은 고기를 먹으면 체하기 딱 알맞아요."
 "캑!"

第百三十二章

을전대(亏戰隊)

대사부

살얼음이 얼기 시작하고 그 위에 소복하게 눈이 내린 영정하는 여름이나 가을하고는 또 다른 그윽한 풍경을 자아내고 있었다.

영정하의 절경은 뭐니 뭐니 해도 상류인 묘봉산(妙峰山) 계곡 주변이다.

북경성 서북쪽 영정하 상류에 위치한 묘봉산은 이름 그대로 수많은 봉우리들이 삐죽삐죽 하늘을 찌를 듯이 솟은 모양이 신묘하도록 아름답다.

원래 봉우리가 높고 많으면 계곡 또한 깊고 많은 법이다.

그리고 깊은 계곡 저 아래로 굽이쳐 흐르면서 수많은 폭포와 담을 만들어내는 강이야말로 묘봉산 제일경(第一景)이라고 할 수가 있다.

쿠쿠쿠쿠―!

"아아… 너무 아름다워서 눈물이 나올 것 같아……!"

십여 장 높이에서 물보라를 흩날리면서 떨어지며 무지개를 만들고 있는 폭포 아래에서 마치 노래를 부르는 듯한 여자의 탄성이 터져 나왔다.

"어머니, 여기까지 올라와 보기를 정말 잘했어요. 소녀는 서장에서 이런 절경을 한 번도 본 적이 없어요. 가슴이 뻥 뚫리는 것만 같아요."

또 다른 여자의 탄성이 터졌다. 두 번째 여자의 목소리는 무척 앳되게 들렸다.

폭포 아래 아담한 담 가장자리에 두 명의 여자가 나란히 서서 폭포를 올려다보고 있었다.

담의 물은 너무 맑아서 물속에서 헤엄치는 물고기와 바닥의 돌들이 환하게 다 들여다보였다.

나란히 서서 아름다운 절경에 마음을 온통 빼앗긴 두 여자는 모녀지간으로 바로 천상녀와 그녀의 딸이다.

천상녀는 겉으로 보기에는 이제 이십대 초반으로밖에 보이지 않는 나이다.

하지만 그녀의 실제 나이는 삼십 세다. 열다섯 살 때 딸을 낳았는데, 그녀가 바로 옆에 서 있는 어린 소녀다.

천상녀의 미모는 과연 눈이 부실 정도로 절대완미했다. 어째서 그녀가 천상녀라고 불리는 것인지 그녀를 보는 순간 알 것 같았다.

그녀의 이름은 자파루(紫波婁)이고, 딸의 이름은 마나(瑪羅)라고 한다.

두 여자 다 키가 크고 늘씬했다. 딸 마나는 모친 자파루에 비해서 한 뼘 정도 작은데, 자파루의 키가 크기 때문에 상대적으로 작게 보이는 것뿐이다.

그녀들은 중원의 여자들과는 달리 이국적인 아름다움을 지니고 있었다.

특히 눈 색깔이 엷은 푸른색이라서 마치 청명한 하늘이나 맑은 호수를 연상시켰다.

"어머니, 우리 저기 폭포 위로 올라가 봐요."

그때 절경에 흠뻑 심취한 딸 마나가 자파루의 손을 폭포 쪽으로 잡아끌었다.

"그러자꾸나."

자파루는 흔쾌히 동조하고는 뒤를 돌아보았다.

"금의위, 우릴 저 위로 데려다주세요."

두 여자의 뒤쪽뿐만 아니라 담 주변, 그리고 폭포 위에는 이백 명의 금의위사들과 황궁시위대 고수들이 삼엄하게 호위를 서고 있었다.

그러나 보이지 않는 곳에는 팔백 명의 금의위사와 황궁시위대 고수들이 겹겹이 포위망을 형성하고 있었다. 개미 한 마리도 그녀들에게 접근하지 못할 듯했다.

두 여자의 뒤쪽에 있던 금의위사들 중에서 어깨에 견폐(망토)를 두른 건장한 체구의 사내 한 명이 재빨리 그녀들에게 쏘아왔다.

그는 금의위의 중간 급 지휘자인 금의위령(錦衣衛領)이라는 신분이다.

"꼭 잡으십시오."

금의위령은 두 여자 복판에 우뚝 서서 양손을 그녀들에게 내밀었다. 그의 손에는 두 개의 비단 띠가 있는데, 그것을 꼭 잡으라는 것이다.

일개 금의위가 황후와 공주의 손을 직접 잡을 수 없기 때문에 비단 띠를 사용하는 것이다.

그는 두 여자가 비단 띠를 잘 잡았는지 확인하고는 가볍게 두 발로 자갈밭을 박찼다.

슈욱!

"꺄아아!"

"어머머!"

자신들의 몸이 허공으로 둥실 솟구치자 두 여자는 뾰족한 탄성을 터뜨리며 즐거워했다.

금의위령은 십여 장 높이를 단번에 솟구쳐서 폭포 옆 커다란 바위에 가볍게 내려섰다.

폭포 위에서 내려다보는 경치는 아래에서 보던 것과는 또 다른 절경을 연출해 내고 있었다.

"아아… 기가 막혀요. 저길 보세요, 어머니."

"세상에……!"

두 여자는 아래에서보다 몇 배나 더 감탄하며 좋아서 어쩔 줄을 몰라 했다.

금의위령은 그녀들의 뒤에 서서 보일 듯 말 듯한 흐뭇한 미소를 짓고 있었다.

그러다가 그는 재빨리 폭포 주변을 쓸어보았다. 수하들을 점검하는 것이다.

원래 폭포 위에는 금의위사와 황궁시위대 고수들이 삼십여 명 정도 흩어져서 경계를 서고 있었다.

그런데 천상녀 모녀가 폭포 위로 올라왔으니 아래쪽에 있던 금의위사와 황궁시위대 고수들도 그녀들 근처로 따라서 올라와야만 한다.

금의위사와 황궁시위대 고수들은 폭포 아래에 오십 명만 남겨두고 모두 폭포 위로 이동하고 있는 중이었다.

자금성에는 오천 명의 금의위사와 팔천 명의 황궁시위대 고수가 있다.

지금 천상녀 모녀를 호위하고 있는 천 명은, 금의위와 황궁시위대의 일부로서 그녀들이 자금성 밖으로 외출을 할 때마다 호위를 하는 전담 조직이다.

금의위령은 수하들에게서 시선을 거두고 다시 두 여자를 쳐다보았다.

그녀들이 좋아서 비명을 꺅꺅 지르는 모습을 보는 것이 그는 기분이 좋았다.

마치 두 명의 절색미녀가 보면서 흥분하고 있는 절경을 자신이 선사한 듯한 착각마저 들었다.

폭포 옆 바위 위는 협소해서 금의위령과 천상녀 모녀 외에는 서 있을 공간이 부족했다. 굳이 그렇지 않다고 해도 금의위령을 제외하고는 감히 그녀들 곁에 범접할 수가 없는 상황이다.

폭포 위쪽 한복판에는 폭 오 장가량의 강이 흐르고, 그 양쪽에는 바위와 평탄한 벼랑으로 이루어졌으며, 끝 쪽은 커다란 나무들이 무성하게 자라 있는 형국이다.

"앗! 금의위령! 습격입니다!"

"위험합니다!"

순간 흐뭇한 기분에 사로잡혀 있던 금의위령은 수하들의 다급한 외침을 듣고 움찔 가볍게 몸을 떨었다.

그는 다급히 주위를 둘러보면서 허리에 차고 있는 도를 뽑아 들었다.

창!

그러나 그는 뽑은 도를 한 번도 사용하지 못했다. 그가 자신이 딛고 서 있는 바위 바닥에 시커먼 그림자가 드리워진 것을 발견한 순간 한 자루 검이 정수리를 꿰뚫었기 때문이다.

"끅!"

금의위령은 눈을 부릅뜨고 온몸을 부르르 떨었다. 그의 시야에 놀란 얼굴로 뒤돌아보고 있는 천상녀 모녀의 모습이 마지막으로 보였다.

츄육!

"하하하! 너희 두 계집은 우리가 접수하마!"

금의위령의 정수리에서 검을 뽑으면서 한 명의 준수한 용모의 청년이 호탕한 웃음을 터뜨렸다.

그는 오래전부터 폭포 위 오른쪽 높은 나무 위에 은신한 채 기다리고 있다가 절호의 기회가 오자 그 즉시 급습을 가한 것이다.

척!

뒤따라서 뛰어내린 또 한 명의 피처럼 붉은 혈포를 입고 머리카락도 핏빛인 범강장달이처럼 생긴 거구의 사내가 천상녀 모녀의 마혈을 번개같이 제압했다.

뻣뻣해진 천상녀를 핏빛사내가 안았고, 딸 마나를 준수한 청년이 살짝 품에 안았다.

준수한 청년 옥마제는 자신의 품에 안긴 채 공포에 질린 표정으로 눈을 크게 뜨고 있는 마나를 굽어보며 부드러운 미소를 지었다.

"아름다운 아가씨, 나는 나쁜 사람이 아니니까 무서워하지 마시오."

천상녀 자파루를 어깨에 걸쳐 멘 핏빛사내 적마제는 느긋한 얼굴로 주위를 쓸어보았다.

금의위사들과 황궁시위대 고수들은 천상녀 모녀가 괴한들에게 제압되는 광경을 뻔히 보면서도 도움의 손길을 뻗치지 못하고 있다.

옥마제와 적마제가 바위 위의 금의위령을 죽이고 천상녀 모녀를 제압하는 것과 같은 순간에, 셀 수도 없이 많은 마도고수들이 금의위사들과 황궁시위대 고수들 배후에서 급습을 가했기 때문이다.

천검신문 휘하의 전체 조직이 재편되는 과정에서 마도고수들도 새로운 조직으로 탄생했었다.

옥마제와 적마제, 혈마제 춘몽이 주축이 되고, 마도오세의 십마부와 오악루, 마군림이 가세하여 만들어낸 조직의 이름은 마정협군(魔正俠軍)이다. 마(魔)로써 정의와 협의를 바로 세운다는 뜻이다.

원래 천검신문의 주축은 천검육호문이 결성한 천검오군(天劍五軍)이었다.

그런데 이후에 천검신문 휘하의 마도고수들이 마정협군을 결성하자 천검총군주인 도기운이 그들을 받아들여 현재는 천검육군(天劍六軍)이 된 상태다.

과거 두 차례나 중원천하를 놓고 천검신문과 대적하여 싸웠던 마도가 이제는 천검신문 휘하에서 중원천하의 정의와 평화를 위해서 당당하게 싸우고 있는 것이다.

마도오세 중에서 삼황사벌의 앞잡이 노릇을 했었던 혈룡궁과 대마방은 삼황사벌이 울제국을 세운 이후에 헌신짝처럼 버림을 받았다.

그러자 혈룡궁과 대마방의 마도고수들은 '중원을 저버리고 삼황사벌에 협조한 대가가 고작 이것이냐?'고 분노하며 혈룡궁주인 혈룡태마제와 대마방주를 축출하고 대거 천검신문 휘하로 들어오기를 원했었다.

기개세는 아무것도 묻지 않고 그들을 흔쾌히 받아들여 마정협군 휘하에 두었다.

천검신문 휘하에서 마정협군의 세력이 가장 거대하다. 휘하 고수의 수가 무려 이십만이나 되기 때문이다.

마정협군은 휘하의 마도고수들을 삼 단계로 나누었는데, 최정예 마도고수가 삼만, 정예 고수가 오만, 그리고 나머지 일반 마도고수가 십이만이다.

일반 마도고수라고 해도 무림에서 일급 일류고수로서 솜씨를 자랑하던 자들이었다.

한 가지 특기할 만한 일은, 기개세가 마정협군의 군주로 여자인 혈마제 춘몽을 앉혔다는 사실이다.

그런데 그보다 더 놀라운 일은, 옥마제와 적마제는 물론이고, 전체 마도고수들이 혈마제 춘몽이 마정협군주가 되는 것을 무조건 찬성했다는 사실이다.

어쨌든, 이번 천상녀 모녀 납치 사건은 마정협군이 결성된 이후 태문주 기개세로부터 명령받은 첫 번째 공식적인 작전이라는 것이다.

마정협군주 춘몽은 이번 작전에 마정협군의 최정예 마도고수 삼천 명을 투입했다.

그들 각자는 금의위사나 황궁시위대 고수 대여섯 명을 상대할 수 있는 능력이다.

하물며 수적으로도 우세한 삼천 명의 마정협군 최정예 마도고수가 불과 천 명의 금의위사와 황궁시위대 고수들을 처리하지 못하겠는가.

옥마제는 꼼짝도 못한 채 겁에 질려 있는 마나의 빨갛고 도톰한 입술에 소리 나게 입을 맞추고 한참 유린을 하더니 한쪽 방향을 보면서 소리쳤다.

"군주! 나 얘 가져도 돼?"

"맘대로 해."

한 그루 높은 나무 꼭대기에 우뚝 서서 싸움 광경을 굽어보고 있던 춘몽이 옥마제를 힐끗 쳐다보고 나서 대수롭지 않게 대답했다.

예전에 춘몽은 옥마제의 여자였었다. 옥마제가 죽으라면 죽는 시늉까지 할 정도로 복종적이었다.

그러나 지금 두 사람 사이는 소원해져 있다. 춘몽이 워낙 바빠서 함께 있을 시간이 없다는 것이 원인이다.

옥마제는 싱글벙글하며 마나를 어깨에 들쳐 메고는 아담한 궁둥이를 두드렸다.

툭툭.

"좋아. 이제부터 너는 내 거다."

오늘따라 북경성은 평소보다 더 붐비는 것 같았다. 성내 곳곳이 사람들로 인산인해를 이루고 있었다.

정오 무렵.

자금성의 후문인 거대한 신무문(神武門)이 활짝 열리고 해자 위에 거대한 다리가 내려오더니 잠시 후에 무시무시한 굉음이 지축을 울렸다.

쿠쿠쿠쿠쿠쿵!

그리고는 마치 성난 파도처럼 시커먼 그 무엇인가가 신무문 안쪽에서 밖으로 마구 쏟아져 나왔다.

그것은 전체가 시커먼 말과 마상에 올라탄 시커먼 사람의 모습이었다.

말이 시커멓게 보이는 것은 발을 제외한 몸 전체에 검은색의 철갑을 씌웠기 때문이다.

마상의 인물 역시 철갑을 두르고 철모를 쓴 모습이다. 철모는 정수리에 뾰족한 침이 솟아 있고, 두 눈만 뚫렸는데 마치 아수라처럼 섬뜩했다.

그들의 왼쪽 어깨에는 한 자루 흑색의 단창이, 오른쪽 어깨에는 활과 화살통이, 그리고 양쪽 허리에는 각기 도와 검이 매달려 있다.

뿐만 아니라 타고 있는 말의 양쪽 옆구리에는 뚜껑이 굳게 닫힌 두 개의 검은 철통이 묶여 있었다.

검은 말을 탄 검은 인물들은 신무문을 통해서 끊임없이 쏟아져 나왔다.

자금성을 나선 무리는 폭 십여 장의 대로를 조금도 속도를 늦추지 않고 거침없이 질주했다.

쿠쿠쿠쿠쿵!

말발굽 소리가 천둥소리 같았고, 대로 양쪽의 집들이 심하게 들썩거렸다.

마치 거대한 해일처럼, 끝이 보이지 않는 검은 무리는 좌판이고 사람이고 닥치는 대로 짓밟고 짓뭉개면서 대로를 가득 메운 채 전진했다.

거리는 일대 아비규환이 돼버렸다. 말발굽에 짓밟혀서 사람들의 몸뚱이와 팔다리가 떨어져 나가고, 내장과 피가 산지사방으로 뿜어졌다.

처절하게 울부짖는 비명 소리와 고통스러운 울음소리, 사람이 말발굽에 짓밟혀서 터지는 소리 따위가 어우러져 말 그대로 아수라장이다.

검은 무리가 향하는 방향은 동쪽이다.

그리고 그들의 수는 정확하게 만 명이었다.

그들이 바로 울전대다.

*   *   *

천신종의 은신처 중에 한 군데인 신붕장으로 천라대의 전서구 한 마리가 날아들었다.

"주군, 울전대가 자금성을 출발했습니다."

전서구의 서찰을 읽은 나신효가 태사의에 의젓하게 앉아 있는 기개세에게 공손히 보고했다.

신붕장에서 가장 넓은 이곳 대전에는 지금 천검신문과 천신종 인물들로 발 디딜 틈조차 없이 꽉 들어차 있는데 숨소리조차 들리지 않았다.

대전 내의 모든 사람들 시선이 기개세에게 집중됐다.

이제 그가 한마디 명령을 내리기만 하면 자금성 대공격이 시작되는 것이다.

"준비는?"

그의 물음에 전면 우측에 시립해 있던 기무군이 한 걸음 앞으로 나서서 허리를 굽혔다.

"완벽합니다."

기개세는 이번 자금성 습격을 위해서 천검오십전단 오백오십 명과 천검육군에서 선발한 최정예 고수 각 천 명씩 육천 명, 도합 육천오백오십 명을 자금성 주변 곳곳에 은밀하게 배치시켰다.

천검오십전단은 기개세가 직접 지휘하고, 천검육군에서 선발된 육천 명은 기무군이 지휘하게 된다.

기개세의 부친인 기무군은 천족이다. 그는 일전에 기개세에 의해서 천신기혼이 일깨워진 이후부터 일취월장하여 현재는 천검신문 내에서 기개세와 아미 다음으로 고강한 수준이 되었다.

기개세는 나신효를 보았다.

"모두들 준비는 이상이 없느냐?"

"천검육군과 천검중원삼군 모두 완벽한 상황입니다."

지켜보고 있는 천신종 사람들은 분위기에 압도되어 숨조차 크게 쉬지 못하고 있다.

기개세 양옆에는 아미와 독고비, 주소령이 서 있었는데, 그녀들 중에서 주소령은 더할 수 없는 존경과 신뢰의 표정으로 기개세를 주시하면서 눈도 깜빡이지 않았다.

그녀는 원래 기개세를 직접 보기 전부터 그를 존경했었는데, 이제는 그를 신처럼 숭상하게 되었다.

슥—

이윽고 기개세가 태사의에서 몸을 일으켰다.

모두들 침을 삼키면서 그를 주시했다.

이 순간만큼은 기개세의 얼굴도 결의와 긴장으로 물들어 있었다. 그는 지금 어마어마한 천하대계를 실행에 옮기려고 하는 것이다.

그것이 성공하면 대명제국은 다시 부활할 것이고, 중원무림은 평화를 되찾게 될 터이다.

"가자."

마침내 그의 입에서 나직한 목소리가 흘러나왔다.

이어서 그가 대전 입구를 향해 걸어가자 그 뒤를 아미와 독고비, 주소령이 따르고, 대전 좌우에 있던 육대명왕과 기무군, 나신효 등이 그 뒤를 따랐다.

주소령은 종종걸음으로 기개세 뒤를 바짝 따르며 작은 주먹을 꼭 움켜쥐었다.
'오라버니는 반드시 해내고야 말 거야.'

울전대가 자금성을 빠져나간 지 다섯 시진이 지났다.
그들이 반 시진 전에 발해만(渤海灣)에 당도했다는 천라대의 전서구가 방금 도착했다.
계획이 제대로 된다면 울전대는 발해만 깊은 바닷물 속에 수장될 것이다.
늦은 밤, 일단의 무리가 동쪽에서 자금성을 향해 똑바로 걸어가고 있다.
그들이 향하는 곳은 자금성을 정면으로 봤을 때 우측에 있는 화지자(花池子)라는 드넓은 광장이다.
간단하게 해자를 넘은 그들은 광장을 똑바로 가로질러 점점 자금성으로 가까이 걸어갔다.
선두에는 기개세가, 좌우에는 아미와 주소령, 독고비가 나란히 걷고 있다. 독고비가 기개세 옆자리를 주소령에게 양보한 것이다.
그 뒤를 육대명왕 여섯 명이 나란히 서서 따르고 있었다.

그곳으로부터 백오십여 장쯤 떨어진 동안로(東安路) 어느 집 삼층 창가에 천신종 사람들이 우르르 모여 있다.

그들은 해자 너머 까마득히 먼 곳으로 기개세 일행이 자금성을 향해서 걸어가고 있는 모습을 감격에 겨운 표정으로 지켜보고 있었다.

창이 좁아서 볼 수 없거나 공력이 없어서 보이지 않는 사람들은 궁금함을 금치 못했다.

그들을 위해서 화비군이 상황 설명을 하고 있었다.

"자금성 이십여 장까지 접근했소."

오늘 화비군은 근무가 없는 날이다. 그는 자신의 조그만 힘이나마 보태고 싶은 마음이 굴뚝같았으나 근무가 아닌 날에 자금성에 들어가는 것은 불가능하다.

여기저기에서 마른침을 삼키는 소리가 났다.

"엇?"

그때 누군가 나직한 탄성을 터뜨렸다.

"무슨 일이야?"

"어떻게 된 것이오?"

그러자 여기저기에서 질문이 쏟아졌다.

화비군이 무겁게 신음을 흘렸다.

"음! 사라지셨소."

"자금성으로 잠입하신 것이오?"

"그럴 것이오."

화비군은 자신없게 대답했다. 기개세 일행에게서 한시도 눈을 떼지 않았는데도 불구하고 어느 한순간 갑자기 시야에서 사라져 버렸기 때문이다.

"아… 부디 성공하시기를……."

누군가 쩍쩍 갈라지는 긴장된 목소리로 중얼거렸다.

그리고는 침묵이 이어졌다. 긴장이 너무 고조되어 아무 말도 할 수 없는 상황이 돼버렸기 때문이다.

그때 구겸이 현풍의 어깨를 건드렸다.

"자네 오늘 근무 아닌가?"

북왕대저에서 북왕야 주시중의 최측근 호위를 하고 있는 현풍이 퍼뜩 정신을 차렸다.

"아……!"

이번에는 모두의 시선이 현풍에게 집중되었다.

문득 현풍은 기개세가 한 말이 생각났다.

"통쾌하게 주시중을 죽이게."

현풍은 두 주먹을 불끈 움켜쥐었다.

"여러분을 오래 기다리게 하지 않겠소."

그는 성큼성큼 문을 향해 걸어갔다.

第百三十三章

울가륵

대사부

기개세 일행은 삼 장 반 높이인 자금성 외벽 위에 소리없이 내려섰다.

[약속했던 장소는 이곳에서 북쪽으로… 아!]

주소령은 북쪽 어딘가를 쳐다보면서 전음으로 말하다가 깜짝 놀랐다. 기개세가 그녀의 손을 잡고 갑자기 신형을 날렸기 때문이다.

기개세는 성벽 위를 바람처럼 쏘아갔다. 주소령은 그렇게 빠른 속도로 달려보는 것은 처음이다.

하지만 기개세가 능력의 일 할도 채 사용하지 않았다는 사실을 알면 그녀는 까무러치고 말 것이다.
쉬이익!
그때 뒤따르던 육대명왕이 기개세 일행을 앞질러 쏜살같이 전면으로 쏘아 나갔다. 성벽 위를 지키는 울군사들을 처치하기 위해서다.
독고비는 기개세 옆에 바짝 붙어서 쏘아가다가 힐끗 왼쪽의 성벽을 쳐다보았다.
그곳으로 셀 수도 없이 많은 검은 그림자들이 마치 검은 물결이 넘실거리듯이 자금성 안으로 쏟아져 들어오고 있는 광경이 보였다.
기무군이 이끄는 천검육군의 최정예 고수들 육천 명이다. 기개세의 명령에 따라 자금성에 잠입하고 있는 것이다.
지금쯤 자금성 뒤쪽 신무문 쪽 성벽으로는 오백오십 명의 천검오십전단이 잠입하고 있을 것이다.
주소령은 기개세의 얼굴을 살짝 쳐다보았다. 그의 얼굴은 평소와 다름없이 잔잔하고 평온했다.
만약 그의 표정이 무척 긴장하고 있었다면 주소령은 조금 불안해졌을 것이다. 그렇지만 그의 평온한 표정이 그녀를 편안하게 만들었다.
최초에 성벽에 오른 곳으로부터 오십여 장쯤 달려온 기개세는 갑자기 자금성 안쪽으로 급강하했다.

[이제 돌아오세요.]

앞서 가면서 성벽 위의 울군사들을 소리없이 처치하던 육대명왕은 독고비의 전음을 듣고 즉시 뒤를 따랐다.

기개세를 비롯한 모두는 자금성 내의 지형지물에 대해서 완벽하게 숙지를 한 상태다.

하지만 현재 자금성 내의 유동적인 상황에 대해서는 알 수가 없다.

그래서 천신종 소속인 화비군 외에 또 한 사람의 금의위사의 안내를 받기로 했다.

슷.

기개세 일행이 약속 장소인 곤녕궁(坤寧宮) 뒤쪽 궁후원(宮后苑) 앞에 이르러 채 한 호흡도 지나기 전에 한 사람이 그들 앞에 나타났다.

그는 금의위사 복장을 하고 있는데, 천신종의 일원인 경몽(景蒙)이라는 사람이며 기개세는 처음 본다. 그는 주소령의 명령으로 이곳에서 대기하고 있었다.

[율가륵은 지금 양심전(養心殿)에 있습니다. 소인을 따라오십시오.]

경몽은 공손히 전음으로 말하고는 즉시 앞장서 달려갔다. 기개세를 처음 보지만 그와 인사를 나눌 시간이 없었다.

양심전은 황제가 신하를 접견하고 정무를 처리하는 곳으

로 황제가 거주하는 여러 곳 중 하나다.

기개세는 경몽 옆에서 나란히 달리며 물었다.

[금의위와 황궁시위대는 어떻소?]

[평상시하고는 조금 다른 상황입니다. 현재 울전대가 없기 때문에 황궁시위대 전체가 양심전 일대를 겹겹이 에워싼 상태고, 금의위 중 천 명이 양심전 안에서 율가륵을 호위하고 있습니다. 나머지 금의위사들은 자신들의 숙소에서 대기하고 있습니다.]

자금성에는 성벽 위를 경계하는 삼백여 명의 울군사를 제외하곤 한 명의 울군사도 없다.

울황제와 아홉 명의 부인들, 그리고 삼십여 명의 자식들, 구천 명의 하녀와 오천 명의 금의위, 팔천 명의 황궁시위대, 만 명의 울전대가 전부다.

지금은 울전대가 없기 때문에 금의위와 황궁시위대만 상대하면 된다.

영정하로 산책을 나간 천상녀를 호위하느라 빠져나간 천 명과 오늘 근무를 서지 않는 자들 천오백 명을 제외하면, 금의위사와 황궁시위대 고수는 도합 만 오백 명이다.

천검신문의 육천오백오십 명으로 그들을 충분히 괴멸시키고도 남을 것이라는 게 기개세의 예상이다.

[율가륵이 가황(假皇)이 아닐 가능성은 없소?]

기개세는 궁금하게 여기던 것을 물었다.

[그것은 장담할 수 없습니다. 하지만 율가륵이 가황을 세운다는 말은 들어본 적이 없습니다.]

가황이라는 것은 가짜 황제를 말함이다. 일국의 왕이나 황제가 신변의 안전을 위해서 가왕이나 가황을 세우는 것은 종종 있는 일이다.

율가륵이 가황을 세우지 않는다면 다행스런 일이다. 만약 그가 평소에 가황을 세워두고 자신은 은밀한 곳에 숨어서 생활을 하고 있다면 그를 찾아내는 것이 쉽지 않을 것이기 때문이다.

기개세는 처음에 자금성 성벽에 올라선 직후부터 지금까지 천리전음으로 계속 수하들에게 지시를 내리고 있었다.

그는 금의위의 숙소로 기무군과 천검육군의 최정예 고수 이천 명을 보냈다.

그들을 은밀하게 포위하고 있다가 명령이 떨어지면 일제히 급습을 가하여 섬멸하려는 계획이다.

이윽고 잠시 후에 기개세 일행은 율가륵이 있다는 양심전 근처에 도착했다.

금의위 경몽의 말대로 웅장한 규모의 양심전 둘레를 수천 명의 황궁시위대 고수들이 겹겹이 둘러싼 채 호위하고 있는 광경이 보였다.

[부디 성공하시기를.]

경몽은 기개세에게 포권을 하면서 뜨거운 시선으로 바라보았다.

이어서 그는 주소령에게 묵묵히 포권을 해 보이고 뒤쪽 어둠 속으로 사라져 갔다.

자금성에 있는 천신종 사람들은 현재 안전한 곳으로 대피해 있었다. 경몽은 그곳으로 가는 것이다.

잠시 후 기개세는 수하들이 양심전 백여 장 후방에 속속 도착했다는 보고를 접했다.

일각이 흘렀을 때 이윽고 기개세는 금의위 숙소로 간 기무군과 이천 명을 제외한 수하들 사천오백오십 명이 모두 도착했다는 보고를 들었다.

하늘을 올려다보았다. 둥근 보름달이 야공에 휘영청 떠서 대지를 밝게 비추고 있다. 습격으로는 좋지 않은 조건이지만 어쩔 수 없다.

전각 틈새로 본 황궁시위대 고수들은 마치 석상이라도 된 듯 우뚝 선 채 미동도 하지 않고 있다.

이제 잠시 후에 기개세가 명령을 내리면 이곳이 아비규환의 아수라장으로 변할 것이다.

그것을 황궁시위대 고수들이나 자금성에 있는 사람들은 아무도 모르고 있을 것이다.

무덤 속 같은 정적이 흘렀다. 아미도, 독고비도, 그리고 주소령과 육대명왕 모두 자신들의 맥박 뛰는 소리가 천둥소리처럼 크게 들릴 정도로 긴장하고 있었다.

[모두들…….]

그때 그들의 모두의 머릿속에서 기개세의 목소리가 나직이 울렸다.

[끝나고 나서 술 한잔 거하게 마시자.]

모두들 기개세를 바라보며 빙그레 미소 지었다. 별것 아닌 듯한 그 말에 팽팽하던 긴장이 봄눈 녹듯이 스르르 사라져 버린 것이다.

주소령이 잡고 있는 기개세의 손에 살며시 힘을 주며 그를 바라보았다.

[소녀도 마셔도 되나요?]

기개세는 그녀의 손을 놓더니 미소를 지으며 머리를 부드럽게 쓰다듬었다.

[애들은 안 된다.]

주소령은 시무룩한 표정을 지었다.

그때 독고비가 배시시 웃으며 참견을 했다.

[하지만 여자는 마셔도 돼요.]

그녀는 주소령에게 아이와 여자의 차이점을 최초로 가르쳐 준 사람이다.

기개세는 주소령을 등에 업었다. 주소령은 마치 자신의 침상처럼 넓은 기개세의 등에 뺨을 대고 두 팔을 활짝 벌려서 그의 가슴을 안았다. 그런데 가슴이 너무 커서 두 팔로 다 안아지지가 않았다.

[일 장 이내로 가까이 모여라.]

그가 심어를 발하자 모두들 간격을 좁혀 일 장 이내로 모여들었다.

스으으…….

육대명왕은 갑자기 귀청이 먹먹해지는 것을 느꼈다. 그것은 마치 자신들이 있는 곳 둘레에 보이지 않는 투명막이 형성된 듯한 느낌이었다.

"앗!"

그때 무심코 아래를 내려다보던 모용군이 다급한 외침을 터뜨렸다.

방금까지 자신이 딛고 서 있던 땅과 주위의 전각이 갑자기 조그맣게 변하면서 자신이 허공 높이 떠오르고 있는 것을 느꼈기 때문이다.

그러나 그는 자신이 육성으로 외침을 터뜨린 사실을 깨닫고 크게 당황했다.

[용서하십시오, 주군…….]

[그이의 강기막(罡氣幕)이 둘러쳐져 있어서 아무리 큰 소리

를 질러도 새어 나가지 않아요.]

　기개세의 팔을 꼭 잡고 있는 독고비가 모용군을 돌아보며 생긋 미소 지었다.

　[그래도 조심하는 게 좋겠죠?]

　모용군이 정신을 차렸을 때에는 다시 급전직하 수직으로 쏘아 내리고 있는 중이었다.

　육대명왕은 기개세의 강기가 자신들뿐만 아니라 아미와 독고비, 주소령까지 감싼 채 한꺼번에 빛과 같은 속도로 이동하고 있다는 것을 깨달았다.

　쾅!

　기개세 일행을 감싼 강기막이 양심전 지붕을 그대로 뚫고 들어갔다.

　그때까지도 기개세 일행을 발견하지 못했던 황궁시위대 고수들은 놀라서 양심전을 쳐다보았다.

　하지만 그들은 양심전 지붕에 뚫린 구멍을 볼 수 없으므로 어찌 된 영문인지 모르고 우왕좌왕했다.

　바로 그 순간 사방에서 수천 개의 검은 그림자들이 빠른 속도로 쏘아왔다.

　그들의 움직임이 추호의 기척도 없어서 사오 장 전면까지 접근해서야 겨우 알아차렸다.

　제일 먼저 터져 나온 것은 검이 살과 뼈를 찌르고 가르는 미약한 소리였다.

그렇지만 여기저기에서 마구 터져 나왔기 때문에 마치 강한 바람에 풀잎들이 스치는 소리 같았다.

사천오백오십 명의 천검신문 최정예 고수들은 방심한 상태로 서 있던 황궁시위대 고수들을 한동안 무차별적으로 도륙하기 시작했다.

"큭!"

"헉!"

"캑!"

천검신문 고수들이 급소만 노려서 찌르고 베거나 목을 자르기 때문에 황궁시위대 고수들은 그저 답답하고 짧은 신음만 겨우 흘려낼 뿐이었다.

지붕을 뚫고 양심전 안에 내려선 기개세는 강기막을 거두고 앞으로 쏘아갔다.

폭 이 장 정도의 넓은 복도를 화려한 금의를 입은 금의위사들이 가득 메운 채 마주 덮쳐 오고 있었다.

순간 아미와 독고비가 기개세 양쪽에서 앞으로 쏘아 나가며 섬섬옥수를 휘둘렀다.

쩌러렁!

고막을 찢는 듯한 굉음과 함께 덮쳐 오던 금의위사들이 가

랑잎처럼 뒤로 날아갔다.

날아가면서 뒤따르던 금의위사들까지 한꺼번에 뒤엉켜서 바닥에 나뒹굴었다.

이런 좁은 공간에서는 한 명씩 일일이 상대하는 것보다 장력으로 한꺼번에 날려 버리는 것이 효과적이다. 양쪽에 벽이 있으니 도망칠 곳도 없다.

금의위사들은 끊임없이 계속 몰려들었으나, 아미와 독고비의 상대가 되지 못했다.

그들은 두 여자가 쏟아내는 천신기혼에 휘말려서 몰려들 때보다 더 빠른 속도로 날아가기에 바빴다.

뒤쪽에서 공격하는 금의위사들은 육대명왕이 상대했다. 기개세가 앞으로 쏘아가는 속도가 빠르기 때문에 뒤쪽 공격은 그다지 강하지 못했다.

양심전은 매우 넓은 곳이다. 경몽은 율가륵이 어디에 있는지에 대해서는 알지 못했다.

그러나 기개세는 율가륵이 어디에 있는지 정확하게 알고 찾아가고 있는 중이었다.

한 명의 노인과 여러 명의 여자들, 그리고 그보다 많은 아이들의 숨소리까지 뒤섞여서 나는 곳이라면 분명히 율가륵이 있을 것이라는 게 기개세의 생각이다.

기개세 등에 업힌 주소령은 몹시 긴장한 표정으로 고개를 꼿꼿하게 들고 그의 어깨 너머로 전면을 뚫어지게 주시하고 있었다.
 그녀는 과거에 자신이 놀이터처럼 놀았던 이곳에서 벌어지는 일들을 하나도 놓치지 않으려는 듯 정신을 바짝 차리고 지켜보았다.
 금의위사들은 기개세 일행을 저지하기 위해서 결사적으로 몰려왔으나 아미와 독고비에 의해서 변변한 공격 한 번 해보지 못하고 죽거나 중상을 입고 쓰러졌다.
 그런데 잠시 후에는 그것마저도 할 수 없게 되었다. 천인사 오십 명과 도격, 우림, 담신기 등이 이끄는 천검오십전단 오백오십 명이 양심전 안으로 들이닥친 것이다.
 양심전 안에는 원래 천 명의 금의위사들이 있었는데, 아미와 독고비, 그리고 육대명왕에게 당해서 지금은 팔백오륙십 명 정도 남아 있는 상태다.
 그 정도로는 절대로 천검오십전단의 상대가 되지 못한다. 일각 남짓 버티면 다행일 것이다.
 양심전 밖은 사천 명의 천검신문 최정예 고수들에게 맡겨 놓으면 충분하다.
 아마도 기개세가 일을 마치고 나가면 깨끗이 정리되어 있을 것이다.
 천검오십전단이 들이닥치자 금의위사들은 아무도 기개세

일행을 가로막지 못했다.

그렇지만 그들은 혼신의 힘을 다해서 싸울 뿐이지 도망치는 자가 한 명도 없었다.

기개세는 아미와 독고비를 앞세우고 거침없이 복도를 휘돌아 마침내 어느 굳게 닫힌 커다랗고 화려한 방문 앞에 이르렀다.

기개세가 가볍게 고개를 끄덕이자 독고비가 문을 향해 슬쩍 소매를 흔들었다.

꽝!

흐릿한 백광이 번갯불처럼 뿜어지더니 커다란 문을 종잇장처럼 산산조각 내버렸다.

"아악!"

"꺄악!"

"으앙!"

방 안쪽에서 여자들의 날카로운 비명 소리와 아이들의 맹렬한 울음소리가 터져 나왔다.

아미와 독고비가 무인지경인 양 미끄러지듯이 방 안으로 들어가고, 그 뒤를 기개세가 성큼성큼 걸어 들어갔다.

쐐애액!

그 순간 기개세 일행이 들어서는 입구 양쪽에서 귀청을 찢을 듯한 파공성이 울렸다.

아미와 독고비가 슬쩍 쳐다보면서 소매를 떨치자 흐릿한 천신기혼이 발출되었다가 여러 갈래로 나누어져서 부챗살처럼 뿜어졌다.

퍼퍼퍼퍽!

양쪽에서 급습을 가했던 십여 명의 금의위사들이 모조리 미간이 관통되어 튕겨져 날아가 벽에 부딪쳤다가 우르르 바닥에 떨어졌다.

방 안으로 들어선 기개세는 우뚝 멈추고 천천히 실내를 쓸어보았다.

보이는 모든 것들이 황금색으로 뒤덮인 화려한 실내다. 좌우에는 방금 공격하다가 죽은 금의위사들 시체와 부서진 집기들이 어지럽게 흩어져 있다.

기개세의 시선이 정면에 고정됐다. 그곳에는 커다란 황금의자에 서장식의 화려한 용포(龍袍)를 입은 육십대 초반의 노인이 앉아 있었다.

육 척이 훨씬 넘는 큰 키에 딱 벌어진 어깨와 단단한 가슴을 지닌 노인이다.

멋들어진 반백의 수염을 가슴까지 길게 길렀으며, 역시 반백의 짙은 눈썹 아래에는 상대의 눈을 파열시켜 버릴 듯한 강렬한 눈빛을 뿜어내고 있는 한 쌍의 부리부리한 눈이 자리 잡고 있다.

기개세는 용포노인을 잠시 주시했다. 그가 가황인지 진짜 율가륵인지 판별하려는 것이다.

숨소리, 심장박동, 체내에서 피와 기가 흐르는 소리, 눈빛 등을 세심히 감지했으며, 진짜 얼굴인지 인피를 뒤집어썼는지도 살펴보았다.

그 결과 용포노인은 기개세가 소문으로 익히 들은 율가륵이 분명했다.

만에 하나 그가 가짜라면 그 완벽함에 박수를 쳐주고 깨끗이 물러날 것이다.

용포노인 율가륵이 앉아 있는 황금 의자 앞쪽과 좌우에는 이십대에서 오십대까지 여덟 명의 여자가 그를 중심으로 옹기종기 모여 앉아 있었다.

그리고 오륙 세의 어린아이부터 십칠팔 세의 소녀들 십오륙 명이 여자들에게 다닥다닥 붙어 앉아 있었다.

말하자면 이들은 율가륵의 여덟 명의 부인과 아이들이 모여 있는 것이다.

단, 천검신문 마정협군에게 납치된 천상녀와 그녀의 딸만 이곳에 없다.

율가륵은 맏아들인 이반과 차남 패가수를 비롯하여 모두 열두 명의 아들이 있다.

그들 중에 열 살 미만의 어린아이들은 이곳에 있고, 열 살

이상 십칠 세 미만은 다른 곳에서 무공을 연마하고 있으며, 십칠 세 이상은 이반을 따라서 전장으로 나갔다.

옹기종기 모여 앉아 있는 율가륵과 가족들 좌우에는 두 명의 중년인이 각기 서장식 만도를 뽑아 든 채 비장한 표정으로 우뚝 서 있었다.

입고 있는 복장으로 미루어 볼 때 금의위태장과 황궁시위대장인 것 같았다.

저벅저벅.

기개세는 일부러 발자국 소리를 내면서 천천히 율가륵을 향해 걸어갔다.

"물러나랏!"

순간 금의위태장과 황궁시위대장이 천둥처럼 고함을 치면서 성큼 한 걸음 앞으로 나섰다.

퍽! 퍽!

그 순간 서슬이 퍼렇던 금의위태장과 황궁시위대장의 머리가 산산조각 터져 버렸다. 아무도 손을 쓴 사람이 없는데 괴이한 일이다.

기실 그것은 기개세의 솜씨다. 그는 손가락 하나 까딱하지 않았으나 뜻이 가는 방향으로 천신기혼이 뿜어져 나간 것이다. 즉, 의기어신이다.

금의위태장과 황궁시위대장의 박살 난 머리가 사방으로

튀는데도 율가륵은 눈 하나 까딱하지 않았으나, 부인들과 아이들은 두 손으로 얼굴을 가리거나 무릎 사이에 얼굴을 묻으면서 요란한 비명을 터뜨렸다.

계속 걸어간 기개세는 율가륵의 다섯 걸음 앞에서 우뚝 멈추어 섰다.

두 사람의 시선이 허공에서 맞부딪쳤다. 하나는 뜨겁고 강렬하며, 또 하나는 잔잔한 눈빛이다.

지금 율가륵은 필경 매우 놀라고 있을 것이다. 아닌 밤중의 홍두깨라고, 추호도 예상하지 않았던 급습을 당해서 자신을 비롯한 온가족이 죽음의 문턱 앞에 이른 상태이니 놀라지 않을 수가 없을 터이다.

조금 전까지만 해도 이들은 양심전 곳곳에서 평소의 일상생활을 누리고 있었을 것이다.

그런데 그것이 한순간에 깨지면서 거짓말처럼 종말이 찾아온 것이다.

기개세 뒤쪽 방문 밖에서는 끝까지 저항하고 있는 금의위 사들이 죽어가면서 내지르는 신음과 비명 소리가 어지럽게 들려오고 있었다.

그때 율가륵이 무겁게 가라앉은 어조로 입을 열었다.

"너는 천검신문 태문주냐?"

목소리가 너무 차분해서 마치 '밥은 먹었느냐?'라고 안부를 묻는 것 같았다.

기개세는 가볍게 고개를 끄덕였다.

"그렇소."

그의 목소리는 더 차분했다.

율가륵은 한 번도 눈을 깜빡이지 않고 기개세를 주시하며 말을 이었다.

"여기까지 쳐들어오다니 대단한 놈이로군."

그는 기개세 일행이 느닷없이 들이닥쳐서 놀란 것은 분명한데 겁을 먹고 있지는 않은 듯했다.

기개세는 율가륵이 아직도 사태의 중대성을 제대로 인지하지 못하고 있음을 깨달았다. 그는 이 고비만 넘기면 될 것으로 여기는 듯했다.

"나와 가족을 죽인다고 울제국이 붕괴할 것 같으냐? 어리석은 놈 같으니."

기개세는 잔잔한 눈빛으로 묵묵히 그를 주시한 채 아무 말도 하지 않았다.

그의 의중에 담겨 있는 말들을 어디 한번 들어보자는 생각이다.

율가륵은 기개세가 침묵하는 이유가 자신의 말이 먹히고 있는 것으로 여긴 듯하다. 그래서 그는 협상으로 이 고비를 넘기려는 시도를 했다.

"네가 이대로 물러난다면 천신국을 건드리지 않겠다고 약속할 수도 있다."

약간의 자비를 베풀면서 기개세를 떠보려는 속셈이다. 그의 말인즉, 기개세가 율가륵과 가족들을 건드리지 않고 지금 이곳에서 물러간다면 천검신문이 차지한 남경성 일대를 하나의 국가로 인정해 줄 수도 있다는 뜻이다. 파격적인 조건이 아닐 수 없다.

율가륵이 자신의 약속을 지킬 수도 있을 테고, 그러지 않을 수도 있다.

그러나 중요한 것은, 기개세가 그의 제안에 추호도 관심이 없다는 사실이다.

"허허, 나와 가족들을 죽이고 자금성을 장악한다고 해봤자 잠시 동안일 뿐이다. 오래지 않아서 나의 충성스런 아들들과 무적의 수하들이 들이닥치면 너희는 시체도 온전히 보존하지 못할 게다."

기개세가 자금성을 장악한다고 해도 일일천하(一日天下)로 끝날 것이라는 말이다.

말하자면 대명국과의 접경 지역에 나가 있는 이반과 패가수가 대군을 이끌고 회군(回軍)을 하고, 무적의 수하들, 즉 울전대가 돌아오면 기개세 일행이 하루 만에 자금성에서 모두 죽을 것이라는 뜻이다.

그러니까 율가륵의 제안인즉, 애꿎게 자신들을 죽이고 기개세 일행도 모두 떼죽음을 당하는 어리석은 짓 따위는 서로 피하는 게 좋다.

그러니까 이쯤에서 서로 좋은 쪽으로 적당히 타협을 하고 양보를 하자. 그 말이다.

율가륵의 말대로만 된다면 기개세는 자금성 안에서 사면초가 상황이 되어 괴멸할 수밖에 없을 것이다.

하지만 기개세가 그런 것도 예상하지 않고 율가륵을 죽이겠다고 자금성에 쳐들어왔겠는가.

"자, 기회는 지금뿐이다. 이대로 물러간다면 너희를 살려주는 것은 물론이고, 천신국을 하나의 국가로 인정하마. 어떻게 하겠느냐?"

율가륵은 자신이 칼자루를 쥐고 있는 양 가슴을 활짝 펴고 자비를 베풀었다.

그는 주명옥이 황제로 즉위한 어엿한 대명국을 자꾸 천신국이라 불렀다.

대명국을 인정하지 않겠다는 뜻이다. 이 땅에서 '대명'이라는 말은 사라졌다는 의미이기도 하다.

그때 기개세에게 업혀 있던 주소령이 율가륵에게 앙칼진 목소리로 외쳤다.

"철천지원수 율가륵아! 천신국이 아니라 대명국이다! 셋째 오라버니이신 주명옥이 대명국 황제에 등극했다는 소문을 듣지도 못했느냐?"

이어서 주소령은 기개세 등에서 냉큼 내려오더니 그의 옆에 오도카니 서서 두 손을 허리에 얹고 준엄하게 율가륵을 꾸짖었다.

"그리고 네놈이 믿고 있는 울전대는 지금쯤 발해만 바다 속 깊숙이 가라앉아 있을 것이다! 우리가 그 정도 안배도 없이 네놈을 죽이러 왔겠느냐?"

그녀의 앙칼진 호통에 그제야 비로소 율가륵의 표정이 약간 흔들렸다.

그는 문득 자신의 일곱 번째 부인 천상녀와 딸을 납치한 것이 기개세일 것이라는 데에 생각이 미쳤다.

"그게 네놈 짓이었느냐?"

기개세는 빙그레 미소 지으며 고개를 끄덕였다.

"그렇소."

"허허……."

율가륵은 잠깐 어이없다는 표정을 짓더니 곧 평소의 위엄 있는 모습을 되찾고 고개를 가볍게 끄덕였다.

"호랑이를 산에서 끌어낸 후에 텅 빈 산을 공격한다. 멋들어진 조호이산지계(調虎離山之計)로군."

기개세는 그의 숨소리와 심장박동으로 그가 속으로는 은

근히 분노하고 있음을 감지했다.
 말하자면 지금 율가륵은 한 마리 백조와 같다. 호수의 수면 위에서는 우아한 모습을 보이고 있지만, 그러기 위해서 물속에서는 두 발로 미친 듯이 물을 젓고 있는 것이다.
 기개세는 율가륵의 허세를 더 듣고 싶지 않았다. 들어봤자 시간 낭비라는 생각이 들었다.
 "한 가지 제안을 하겠소."
 율가륵은 고개를 끄덕였다.
 "무엇이든 말해봐라."
 그는 기개세가 물러가는 대신 더 큰 요구를 할 것이라고 생각하는 듯했다.
 "당신은 가족들을 데리고 서장으로 돌아가도록 하시오. 그리고 다시는 중원 땅을 밟지 않겠다고 약속하시오. 그러면 살려주겠소."
 기개세의 제안은 율가륵의 제안을 명백하게 거절한 것이나 다름이 없다.
 "당신이 믿고 있는 아들 이반과 패가수는 영원히 자금성으로 돌아오지 못할 것이오. 그러니 그들은 남겨두고 떠나야 할 것이오."
 율가륵의 얼굴에 처음으로 다른 표정이 떠올랐다. 뚜렷한 놀람이다.

"너 이놈……."

그는 한차례 거친 숨을 몰아쉬고 나서 말을 이었다.

"도대체 무슨 짓을 한 것이냐?"

그는 기개세가 천상녀 모녀에게 했던 것처럼, 이반에게도 무슨 수작을 부렸을 것이라고 생각했다.

기개세는 빙그레 미소 지었다.

"당신의 수족들이 자금성으로 돌아오지 못하도록 약간의 안배를 해두었을 뿐이오."

사실 기개세는 북경성에 오기 전에 적절한 안배를 미리 다 해두었다.

이반이 어디에서 무엇을 하고 있으며, 신삼별조와 울고수들, 울군사들이 어디어디에 포진하고 있는지 완벽하게 파악한 후에 만약 그들이 북경성으로 회군을 할 경우 어느 지역에서 어떻게 차단하라는 것까지 천검육군과 천검중원삼군에게 지시를 내려두었다.

기개세의 천하대계는 이른바 '교란작전'이다.

제일 먼저 그가 소수 정예를 이끌고 자금성을 장악한다.

이후 이반이 울제국의 전 세력을 이끌고 북경성으로 회군을 할 때 천검육군과 천검중원삼군이 각 지역에서 철저하게 차단을 한다.

그다음에는 울제국 전 세력을 파리 떼처럼 산지사방으로

뿔뿔이 흩어지게 만들어놓고는 그때부터 하나씩 차례대로 토벌을 하는 것이다.

한낱 수수깡이라고 해도 뭉쳐 있을 때에는 강력하지만, 흩어지고 나면 그저 힘없는 수수깡일 뿐이라서 손가락 하나로도 부러뜨릴 수가 있다.

주소령이 기개세에 비해서 절반도 안 되는 떡잎처럼 조그만 손으로 그의 손을 꼭 잡았다.

기개세는 그녀가 왜 갑자기 손을 잡는지 짐작했다. 그녀에게 율가륵을 죽이겠다고 약속하고는 이제 와서 살려주겠다고 말하고 있기 때문일 것이다. 그래서 그 사실을 상기시켜 주려는 것일 게다.

하지만 기개세는 조금 전에 율가륵과 대화를 하던 중에 한 가지 깨달은 것이 있다.

율가륵 앞쪽과 좌우에 몰려서 앉아 있는 여덟 명의 부인과 그보다 더 많은 아이들이 통곡을 하면서 울부짖는 모습을 보고 깨달은 것이다.

그녀들과 아이들은 오직 한 사람 율가륵을 바라보면서 살아왔으며 앞으로 죽을 때까지 그럴 것이다.

율가륵이 죽으면 부인들과 아이들은 절망에 빠지고 살아갈 희망을 잃어버리게 된다.

하지만 그것은 율가륵 가족에게만 국한된 얘기가 아니다.

인간이라면 누구나 가족과 그리고 소중한 사람들과 함께 살아가고 있으며 살아가기를 원한다.

그런데 전쟁은 그것을 무차별 파괴한다. 전쟁에 동원된 아버지와 아들과 남편이 죽음으로써, 거기에 속해 있던 가정과 가족은 산산이 부서지는 것이다.

전쟁에 동원된 사내들만 죽는 것으로 끝나지 않는다. 불행은 거기에서부터 비로소 시작된다.

그렇다면 인간은, 그리고 가족은 과연 중원에 속한 사람들에게만 소중한 것인가.

그렇지 않다. 인간의 생명이란, 그리고 평화와 화목함이며 사랑이란 누구에게나 다 소중하다.

어쩌다가 태어난 땅이 중원이고 서장으로 갈라졌을 뿐이다. 자신이 종족을 원하고 태어날 땅을 원한 것이 아니다. 하늘의 뜻인 것이다.

기개세가 추구하는 궁극적인 목표는 모든 인간의 평화로운 공존이다.

그런데 삼황사벌이 막강한 무력으로써 중원을 침공했기 때문에 소수를 죽여서라도 절대다수를 구하고 보호하려고 했을 뿐이다.

하지만 율가륵이 가족과 그리고 수하들을 이끌고 서장으로 돌아가 주기만 한다면, 비극은 그것으로 끝날 것이다.

그 이후부터는 중원 사람은 이곳 중원 땅에서, 서장인들은 서장에서 전쟁이 할퀴고 간 상처를 치료하는 일에 전력을 다하면 된다.

기개세는 그런 뜻에서 율가륵에게 가족을 데리고 떠날 것을 종용했던 것이다.

율가륵은 여덟 명의 부인과 아이들을 한 명씩 차례차례 쳐다보며 어루만지고 있었다.

부인과 아이들은 간절한 눈빛과 표정으로 율가륵을 바라보면서 무언의 말을 전하고 있다.

기개세는 율가륵이 무언가 결정을 내리려고 그런다는 것을 짐작하고 묵묵히 기다려 주었다.

이윽고 율가륵은 마지막 어린 손녀에게서 손을 떼고 시선을 기개세에게 주었다.

그리고는 전혀 예상하지 못했던 말을 꺼냈다.

"오래전부터 천검신문 태문주와 싸워보고 싶었다."

"……!"

기개세의 표정이 가볍게 변했다.

율가륵은 여태까지의 표정을 다 털어버리고 가슴을 활짝 펴고 의연하게 말을 이었다.

"우리 한번 싸워보자."

기개세의 얼굴에 약간 경직된 표정이 떠올랐다. 그는 율가륵이 무인(武人)이며 상당한 경지에 이르렀을 것이라는 사실을 잠시 망각하고 있었다. 그를 그저 그런 평범한 황제로 여겼던 것이다.

기개세는 약간 경직된 얼굴로 물었다.

"그다음에는?"

"내가 패하면 무조건 네 말에 따르겠다."

기개세도, 율가륵도 그다음 말은 꺼내지 않았다.

만약 기개세가 패하면 어떻게 하겠는가.

그것은 두 사람만이 알고 있을 뿐이다.

第百三十四章

초극고수(超極高手)

대사부

양심전 안 넓은 연공실.

복판에 기개세와 율가륵이 다섯 걸음 정도 거리를 둔 채 마주 보고 서 있다.

기개세는 매우 큰 키며 건장한 체구인데, 율가륵은 그와 키가 비슷하고 체구는 더 건장했다. 그는 체구만으로도 사람을 압도하고 있었다.

연공실 안에는 그들 두 사람뿐이다. 연공실이 넓기는 하지만 두 사람이 싸우면 다른 사람들이 다칠 수 있기 때문에 밖에서 기다리고 있었다.

두 사람은 벌써 일각째 우뚝 서서 서로 지켜보기만 할 뿐 미동도 하지 않는다.

기개세의 마음은 여느 때나 다름없이 평온하다. 율가륵이 아니라 그보다 더한 인물과 싸운다고 해도 평정심은 흔들리지 않을 것이다.

"……!"

그런데 어느 한순간 기개세의 눈이 약간 커졌다. 율가륵의 모습이 갑자기 커졌기 때문이다.

하지만 그게 아니다. 그의 몸이 커진 것이 아니라 가까이 다가오고 있는 것이다.

처음에는 다섯 걸음이었는데 기개세가 번쩍 정신을 차렸을 때에는 어느새 두 걸음 앞까지 쇄도하고 있었다.

율가륵이 도대체 무슨 수법을 전개하고 있는 것인지는 알 수가 없다.

축지성촌과 비슷한 종류인 듯한데 기개세의 이목을 감쪽같이 속이다니 놀라운 일이다.

그런데 이상한 일은 거기에서 그치지 않았다. 두 걸음 가까이 쇄도한 율가륵이 불쑥 손을 뻗었는데 강기나 장력을 발출하는 것이 아니라 맨주먹으로 기개세의 가슴팍을 내지르는 것이 아닌가.

보통 절정고수 위의 단계를 초절고수라 하고 그 위의 단계,

즉 인간이 도달할 수 있는 최고 경지를 초극고수(超極高手)라고 정의하고 있다.

기개세는 율가륵이 자신있게 싸우자는 것으로 미루어 최소한 초절고수 이상일 것이라고 짐작했었다.

그런데 초절고수는 고사하고 지금 그가 전개하고 있는 수법은 맨손격투기 수준이다.

그의 수법이라는 것은 무림에서 삼류들이나 사용하는 저급한 수법이다.

아예 공력이 없거나 미미하기 때문에 경기(勁氣)를 발출하지 못하기 때문이다.

그런 수법에 맞을 기개세가 아니다. 설혹 맞은들 간지럽지도 않을 것이다.

"……!"

그런데 기개세는 움찔했다. 율가륵이 주먹을 뻗었다고 여긴 순간 어느새 자신의 가슴 앞 한 뼘까지 쇄도하고 있는 것을 발견했기 때문이다.

이것은 빠른 정도가 아니다. 빛의 속도다. 아니, 그러고 보니까 우뚝 서 있던 율가륵이 어느새 기개세의 두 걸음 앞까지 쇄도한 것도 이제 보니 빛의 속도였다.

율가륵의 무기는 무엇으로도 흉내 낼 수 없는 빠르기인 것이 분명하다.

찰나의 순간, 기개세는 그 주먹에 적중되면 간지럽지도 않을 것이라는 방금 전의 생각이 잘못되었음을 직감했다.

이 정도의 빠르기를 구사하는 주먹이라면, 틀림없이 위력적일 것이다.

아무런 기척도 없이 기개세의 모습이 율가륵의 시야에서 사라져 버렸다.

기개세는 율가륵의 왼쪽으로 피하면서 불쑥 손을 뻗었다.

슉!

그런데 그가 막 출수를 하기도 전에 율가륵의 왼발이 복부를 향해 내질러 왔다.

기개세가 율가륵의 앞쪽에서 오른쪽으로 이동한 것은 촌각을 천으로 쪼갠 것보다 더 빠른 찰나였다.

그렇다면 마땅히 율가륵의 주먹이 아직도 정면을 향해서 뻗어와서 허공을 치고 있어야 한다.

그런데 그의 주먹은 어느새 거두어져 있고 대신 왼발이 기개세의 복부를 향해 뻗어오고 있는 것이다.

'이것 봐라?'

빠르기라면 기개세도 자신이 있다. 아니, 율가륵을 능가할 자신이 있다.

후우…….

그는 마치 순간 이동을 하듯이 둥실 위로 솟구쳤다가 율가록의 뒤로 내려서며 천신기혼을 발출했다.

그것은 촌각을 천으로, 아니, 만으로 쪼갠 것보다 훨씬 더 빠른 속도다.

부욱!

그러나 율가륵은 빙글 몸을 반 바퀴 회전시키면서 손등과 팔로 기개세의 얼굴을 후려쳐 왔다.

아무리 봐도 시장 바닥에서 으스대는 하오문도들의 육합권과 별다를 것 없는 주먹질이 분명하다.

게다가 율가륵은 기개세의 공격을 아예 완전히 무시하고 있지 않은가. 마치 네까짓 놈 공격에 맞아봤자 별것 아니다 라는 식이다.

그러자 불현듯 기개세는 오기가 발동했다. 지금 그가 발출한 것은 비록 오 할 남짓의 위력의 천신기혼이지만 율가륵에게 적중되기만 하면 몸이 꿰뚫리거나 팔다리 하나쯤은 떨어져 나갈 것이다.

그는 공격을 거두지 않고 호신막을 일으켰다. 율가륵의 주먹질을 호신막으로 튕겨낼 생각이다.

퍽!

탁!

"윽!"

다음 순간 두 종류의 둔탁한 음향과 한 사람의 답답한 신음

성이 터졌다.

 기개세가 발출한 천신기혼은 율가륵의 가슴 한복판에 깨끗하게 정통으로 적중됐다. 그러나 그는 결코 신음을 흘리지 않았다.

 그리고 율가륵의 가슴에 천신기혼이 적중되는 같은 순간에 기개세는 그의 손등에 턱을 얻어맞았다.

 그런데 놀랍게도 율가륵의 주먹은 기개세의 호신막을 간단하게 뚫어버린 것이다.

 그뿐만이 아니다. 믿을 수 없게도 그의 주먹에 턱을 얻어맞는 순간 기개세는 얼굴 전체가 박살 나는 듯한 엄청난 충격을 받았다. 그래서 자신도 모르게 묵직한 신음 소리를 냈던 것이다.

 우당탕!

 기개세는 몸이 팽이처럼 팽그르르 돌면서 허공으로 날아가 오 장쯤 떨어진 벽에 무지막지하게 부딪쳤다가 바닥에 내동댕이쳐졌다. 그저 가볍게 한 대 맞았을 뿐인데 그 여파는 상상 이상이다.

 '으으… 이런……'

 벽에 부딪치고 바닥에 내동댕이쳐진 것은 아무런 충격도 주지 못했다.

 하지만 턱에 일격을 당한 것 때문에 정신이 하나도 없다.

뇌가 마구 뒤섞여 버린 것 같다.

기개세는 자신과 율가륵이 똑같이 양패공상했을 것이라고 짐작했다.

자신이 턱에 일격을 당하는 순간에 오 할의 천신기혼이 그의 가슴팍에 정통으로 적중되는 것을 분명히 목격했기 때문이다.

그렇다면 율가륵은 가슴이 관통되거나 최소한 중상을 면치 못했을 것이다.

그렇게 생각하면서 기개세는 조금 여유를 갖고 천천히 몸을 일으켰다.

아니, 빨리 일어나려고 해도 머릿속이 윙윙 울려서 도저히 몸이 말을 듣지 않았다.

이런 경우는 평생 두 번째다. 무창성 금비라 시절에 손진에게 잘못 걸려서 흠씬 두들겨 맞은 이후로는 누구에게 제대로 얻어맞아 본 적이 없었다.

그는 비틀거리면서 일어나며 무의식중에 율가륵 쪽을 힐끗 쳐다보았다.

'뭐… 야?'

순간 그는 자신의 눈을 의심해야만 했다. 쓰러져 있거나 비틀거리고 있어야 마땅한 율가륵이 코앞까지 들이닥치고 있는 것이 아닌가.

그런데 그뿐만이 아니다. 그를 쳐다보려고 고개를 돌린 상태인 기개세의 얼굴 정면을 향해서 냅다 주먹을 휘두르고 있었다.

율가륵은 천신기혼에 정통으로 적중당하고서도 비단 죽거나 중상을 입지 않았을 뿐만 아니라 오히려 더욱 펄펄 기운이 나는 것 같았다.

어쨌든 기개세는 정신이 번쩍 들었다. 방금 전까지만 해도 머릿속이 윙윙 울렸는데 율가륵을 보는 순간 본능적으로 정신을 차렸다.

그의 온몸이 순간적으로 눈부신 금광으로 물드는 듯하더니 한줄기 금빛 줄기가 뿜어져 율가륵을 강타했다.

쩌억!

급한 마음에 의기어신을 전개한 것이다. 의기어신은 손이나 신체의 일부 또는 무기를 통해서 발출하는 것보다는 위력 면에서 떨어진다.

그의 천신여의지경이 아직 완성되지 않았기 때문이다. 완성됐다면 율가륵하고 이런 식의 싸움 자체가 성립되지 않을 것이다.

그렇다고 해도 방금 기개세는 자신의 천신기혼을 칠 성 이상 의기어신으로 발출했다.

정상적이라면 거기에 적중된 율가륵은 온몸이 산산조각

나거나 최소한 중상을 당해서 피를 뿌려야만 한다.

쿵… 쿵… 쿵…….

그런데 믿어지지 않는 일이 또 벌어졌다. 무지막지하게 복부에 천신기혼을 적중당하고서도 율가륵은 단 세 걸음만 묵직하게 물러났을 뿐이다.

더구나 얼굴 표정은 추호도 변하지 않았다. 개미에게 깨물렸다는 식이다.

그러더니 다음 순간 마치 선불 맞은 멧돼지처럼 더욱 거세게 기개세에게 덮쳐 왔다.

그 광경을 보고 기개세는 아무 생각도 들지 않았다. 아니, 한 가지 생각만 머릿속에 가득 찼다.

'금강불괴지신이라니…….'

두 차례나 천신기혼에 적중되고서도 아무렇지도 않을 방법은 율가륵이 금강불괴지신이기 때문일 것이다.

무학의 최고봉인 금강불괴지신에 도달하는 방법은 크게 두 가지가 있다.

첫째가 신공을 연마하여 내공으로써 도달하는 것이고, 두 번째가 외문무공(外門武功)인 철포삼(鐵布衫)을 극성으로 연마하는 방법이다.

그런데 기개세가 보기에 율가륵은 철포삼 같은 외문무공으로 금강불괴지신을 이룬 것 같았다.

'그렇다면!'

창!

어금니를 악문 기개세는 어깨의 절대신검을 뽑는 것과 동시에 번쩍 허공으로 솟구쳐 오르면서 율가륵에게서 시선을 떼지 않았다.

공격해 오던 그가 표적이 사라질 경우에 어떻게 반응하는지 제대로 보려는 것이다.

기개세의 눈이 조금 커졌다. 율가륵이 전혀 뜻밖의 반응을 보였기 때문이다.

기개세의 얼굴을 향해 쏘아 나가던 그의 주먹은 표적이 사라지자 그 즉시 멈췄다.

뿐만 아니라 마치 표적이 어디로 갈지 미리 알고 있었던 것처럼, 허공으로 쏜살같이 쏘아 올랐다.

상식적으로는 표적이 사라지면 공격하던 물체가 허공을 스치게 마련이다.

그런데 율가륵은 전혀 그러지 않았다. 오히려 처음부터 솟구치려고 했던 것처럼 지체없이 솟아올랐다.

키이이…….

기개세는 이번에는 피하지 않았다. 손에 절대신검이 쥐어져 있기 때문이다.

율가륵이 외문무공으로 금강불괴지신을 이루었다면 몸의

외피만 단단할 것이다. 즉, 한 겹 안의 속은 보통 사람이나 다름이 없다.

특정한 신공을 연마하여 내공으로써 금강불괴지신을 이루게 되면 몸의 안팎이 모두 금강불괴가 되는 것과 다른 점이 그것이다.

기개세는 천검신문의 신물인 절대신검이 율가륵의 외피를 베지 못할 것이라고는 생각하지 않았다.

쩌껑!

팔 할의 천신기혼이 실린 절대신검이 무지막지하게 율가륵의 정수리를 쪼갰다.

그 순간 기개세는 오른손 손아귀가 찢어지고 팔이 파열되는 듯한 극심한 고통을 느꼈다.

동시에 불길함이 온 정신을 엄습했다. 검이 물체를 자르면 팔이 아플 리가 없다.

그러므로 이것은 절대신검이 율가륵의 머리를 베지 못했다는 뜻이다.

"......!"

기개세는 눈으로 똑똑히 보고 있으면서도 눈앞에 벌어진 광경을 믿지 못했다.

절대신검에 정확하게 정수리를 적중당한 율가륵은 솟구치는 기세가 잠시 멈칫했다. 그러나 단지 그것뿐 그대로 치솟으며 주먹을 날렸다.

위이잉!

기개세는 충분히 피할 수 있었다. 하지만 놀라움의 충격이 너무 컸던 탓에 그 자리에서 움직이지 못하고 율가륵의 주먹을 뻔히 쳐다보기만 했다.

뻐억!

"크흑!"

율가륵의 주먹이 기개세의 왼쪽 옆구리에 꽂혔다.

기개세는 온몸이 으깨어지는 고통과 함께 헛바람을 들이켜며 쏜살같이 허공을 날아갔다.

그가 튕겨져서 날아가는 속도는 율가륵이 뒤쫓아오는 속도보다 느렸다.

어느새 기개세 위쪽까지 따라붙은 율가륵은 번쩍 들어 올린 발뒤꿈치로 기개세의 등허리를 내리쩍었다.

콰직!

"끅!"

기개세는, 아니, 그의 몸은 쏜살같이 바닥으로 쏘아갔다. 온몸이 산산조각 분해되고 내장과 장기들이 입으로 쏟아지는 듯한 엄청난 고통이다. 이런 고통이 있다는 것을 그는 지금 처음 깨달았을 정도다.

쾅!

그는 엎드린 자세로 단단하기 이를 데 없는 청석 바닥을 뚫고 두 자나 깊숙이 처박혔다.

자금성은 암살자로부터 황제를 보호하기 위해서 광장의 바닥마저도 벽돌로 다섯 자 두께 이상 두껍게 만든다.

이곳 양심전도 예외가 아니다. 모든 벽은 안쪽이 쇠로 되어 있으며 두께가 한 자이고, 바닥은 청석으로 넉 자의 깊이로 되어 있다.

쿵!

율가륵은 더 이상 공격하지 않고 바닥에 파묻힌 기개세 옆에 묵직하게 내려섰다.

자신이 완전히 승기를 잡았다고 여긴 것이다. 하긴, 지금 상황은 누가 보더라도 기개세의 명백한 패배다.

율가륵이 마지막으로 손을 쓰기만 하면 영락없이 목숨을 잃어버릴 처지인 것이다.

율가륵은 물끄러미 기개세를 굽어보았다. 그를 제압했다고 해서 득의한 표정도 미소도 짓지 않았다.

아까 기개세 앞에 앉아 있을 때와 별반 다르지 않은 느긋한 모습이다.

"사실 나는 어쩌면 너를 이기지 못할지도 모른다고 조금 걱정했었다."

율가륵은 진지한 목소리로 중얼거렸다.

"잠시 싸워보니 너는 과연 강하다. 하지만 아직 내 상대는 못 된다."

그는 청석 구덩이 속에서 미미하게 꿈틀거리는 기개세를 그냥 내버려 두었다.

"그 옛날 우리 조상들이 이토록 허약한 천검신문에 패배했다는 사실이 가슴 아프다."

구우…….

기개세는 두 팔로 구덩이 바닥을 짚고 무릎을 꿇은 채 천천히 상체를 일으켰다.

그런데도 율가륵은 지켜보면서 중얼거렸다.

"이제 네가 죽음으로써 서장과 천검신문의 지긋지긋한 악연을 끊기로 하자."

그의 목소리에는 다행스러움과 실망의 여운이 반반씩 섞여 있었다.

천검신문 태문주가 자신보다 약해서 다행인 것과 유일한 적수라고 생각했던 천검신문 태문주가 이 정도에 패했다는 사실에 대한 실망이다.

"한 가지 묻고 싶소."

기개세는 구덩이 속에서 두 팔로 바닥을 짚고 무릎을 꿇은 자세에서 흐릿하게 중얼거렸다.

"뭐냐?"

"가족과 함께 서장에서 말년을 편안하게 보내고 싶다는 생각은 아직도 들지 않소?"

꿈틀!

율가륵의 송충이 같은 반백 눈썹이 역팔자로 꺾였다.

"미친놈."

부욱!

순간 씹어뱉듯이 중얼거리며 그는 기개세의 옆구리를 향해 힘껏 오른발을 날렸다.

여태까지의 위력으로 봤을 때 거기에 옆구리가 적중되면 기개세는 회복 불능이 되고 말 것이다.

번쩍!

그 순간 흐릿한 한줄기 백광이 쏘아오는 율가륵의 오른발을 갈랐다.

"……."

율가륵은 기개세의 옆구리를 걷어차지 못했다.

옆구리를 걷어차려고 했던 발이 사라져 버렸기 때문이다.

그는 오른발을 들어 올린 자세에서 어이없다는 표정으로 자신의 발을 쳐다보았다.

그의 오른발은 무릎 아래에서 뎅겅 잘라져 나간 상태다. 그런데도 피는 한 방울도 나지 않았다.

율가륵이 기개세에게 마지막 일격을 가하지 않고 그 옆에

서서 말을 했던 것은 결정적인 실수였다.

그로 인해서 그는 기개세가 회복을 하고 생각을 정리할 수 있는 충분한 시간을 주게 되었다.

기개세는 구덩이 속에서 율가륵에게 질문을 하며 자신이 지니고 있는 모든 천신기혼을 오른손에 모으고, 팔경에 이른 천신여의지경을 절대신검에 주입했었다.

그는 만약 그것으로도 율가륵을 상대할 수 없다면 끝장이라고 생각했다.

그런데 그것이 먹혔다. 천만다행이다. 그게 아니었으면 기개세는 옆구리를 걷어 채여서 지금쯤 맞은편 벽 아래 처박혀 있을 것이다.

"당신이 졌소."

기개세는 천천히 일어서며 율가륵을 쳐다보았다.

잠시 일그러졌던 율가륵의 얼굴에 잔인한 표정이 스멀스멀 피어났다.

"흐흐… 이 정도를 갖고 졌다고 한다면 내게 두들겨 맞은 너야말로 진작에 패한 것이지."

그의 말은, 어느 한쪽이 숨이 끊어져야지만 이 승부가 끝난다는 뜻이다.

슈악!

말이 끝나자마자 그는 기개세를 향해 온몸을 부딪쳐 왔다.

그것은 마치 자포자기 심정이 되어 될 대로 되라는 식으로 몸을 내던지는 것 같았다.

하지만 기개세는 그렇게 생각하지 않았다. 율가륵의 맹렬한 기세와 번뜩이는 살기, 그리고 지금까지보다 훨씬 빨라진 속도를 감지했기 때문이다.

그는 한쪽 발이 없으면서도 있을 때보다 움직임이 훨씬 더 빠르고 공격은 위력적이 됐다.

여태까지 그는 한 번 공격에 한 군데만 노렸으나 지금은 한꺼번에 서너 군데를 노렸다. 더구나 두 주먹을 번갈아가며 뻗었다.

기개세는 그를 죽이거나 무력하게 만들지 않는 한 항복을 받아낼 수 없다고 판단했다.

그는 이제 아까처럼 당하고만 있지는 않을 것이다. 온몸의 천신기혼을 오른팔에 모으고 팔경까지 이룬 천신여의지경을 절대신검에 모으면 율가륵을 상대할 수 있다는 사실을 깨달았기 때문이다.

기개세는 몸을 날려서 피하지 않았다. 율가륵 앞에 우뚝 서서 뒷걸음치면서 그가 휘두르는 두 주먹을 눈을 부릅뜨고 온몸을 흔들면서 피했다.

두 사람의 거리는 불과 반 장 남짓이다. 이 상태면 여차 하는 순간에 승부가 날 것이다.

즉, 기개세가 주먹에 맞거나 율가륵이 추호의 허점이라도 드러내는 찰나지간이 승부처다.

후우우…….

부우…….

율가륵의 주먹은 숨 쉴 틈 없이 쏟아졌다. 소나기나 우박 정도가 아니다.

이것은 마치 번갯불이 번뜩이면서 꼬리에 꼬리를 물고 뿜어지는 것 같았다.

기개세는 이미 극한의 천신기혼을 오른팔에, 팔경의 천신여의지경을 절대신검에 주입시킨 채 찰나의 틈만 노리고 있는 상태다.

그런데 도저히 공격을 가할 틈이 없다. 온몸의 급소를 노리고 반 장 지척에서 뿜어지는 번갯불을 피하기에 급급한 상황의 연속이었다.

이곳에 다른 사람이 있다면 두 사람의 싸움을 필경 삼류무사의 드잡이 정도라고 여길 것이다.

그러나 이것은 팽팽한 균형이다. 율가륵은 단 한 대라도 적중시키기 위해서, 기개세는 피하면서 일검을 가할 절호의 기회를 노리고 있는, 결코 어느 쪽이 유리하다고 판단할 수 없는 막상막하의 상황이다.

율가륵은 자신이 공격을 멈추는 순간 그 즉시 반격을 당할 것이라는 사실을 잘 알고 있었다. 그래서 더욱 공격을 멈추지 못한다.

어느 순간, 기개세는 휘몰아치는 번갯불 바로 뒤쪽에서 또 다른 번갯불이 번뜩이는 것을 발견했다.

그것은 율가륵의 두 눈이 기광을 뿜어내고 있는 것이다. 지금까지 하고는 다른 모습이다.

순간 기개세는 율가륵이 뭔가 변화를 꾀하려는 것이라고 직감했다.

화아악!

'우웃!'

다음 순간 기개세는 자신의 목전에서 태양이 폭발하는 듯한 엄청난 섬광을 발견했다.

아니, 그 섬광이 그를 향해서 무시무시한 속도로 뿜어져 오고 있었다.

기개세는 바로 그것이 율가륵이 꾀한 변화라고 생각했다.

이것은 그가 여태까지 일관해 온 맨손, 즉 육장(肉掌) 공격이 아니다. 내공을 뿜어내는 기공(氣攻)이다.

기개세는 방심했다. 어째서 그가 외문무공만 알고 있을 것이라고 착각했던 것인가.

외문무공이 그 정도라면 내가무공도 이미 초극고수 수준일 것이 분명하다.

초극고수(超極高手) 255

지금 이 순간 쇄도하고 있는 섬광이 무엇인지는 몰라도, 주먹에 적중되는 것보다는 훨씬 가공할 위력이 실려 있을 것이라는 짐작이 들었다.

'무엇이 됐든 쪼갠다!'

하지만 기개세는 물러서거나 피하지 않았다. 율가륵이 승부를 내려고 한다면, 그 역시 정면으로 맞설 생각이다. 아니, 이미 피하기에는 늦었다.

섬광의 눈부심 때문에 율가륵은 보이지 않았다. 하지만 어디에 있는지 느낄 수 있다.

그는 섬광 너머에 있다. 섬광을 베면 그도 베어진다. 기개세는 그렇게 확신했다.

고오오—

다음 순간 섬광이 기개세를 휩쓸기 시작하더니 온몸이 뜨거워졌다.

갑자기 섬광 한가운데에 율가륵의 모습이 보였다. 악마 같은 미소를 짓고 있는 얼굴이다.

기개세는 그 얼굴을 향해 돌진하면서 있는 힘껏 절대신검을 그어 내렸다.

찌억!

물에 흠뻑 젖은 헝겊으로 단단한 벽을 힘껏 때린 듯한 음향이 터졌다.

바로 그 순간에 섬광이 씻은 듯이 사라졌다.

기개세는 절대신검을 바닥으로 향한 채 눈을 부릅뜨고 전면을 쏘아보았다.

그의 일 장 전면에 율가륵이 두 주먹을 앞으로 뻗은 자세를 취한 채 우뚝 서 있는 모습이 보였다.

"이놈!"

순간 그가 쩌렁하게 포효를 터뜨리며 득달같이 기개세를 향해 덮쳐들며 무시무시하게 주먹을 휘둘렀다.

똑똑똑…….

바닥으로 향한 절대신검 검첨에서 방울방울 새빨간 피가 흘러내리고 있었다.

퍼퍼퍽!

그 순간 덮쳐 오던 율가륵의 몸이 정수리에서부터 사타구니까지 일도양단 쪼개졌다.

쿠쿵!

두 개의 육편으로 갈라진 그의 몸이 각각 기개세의 좌우 바닥에 묵직하게 떨어졌다.

기개세는 천천히 자세를 똑바로 하고는 검실에 검을 꽂으면서 율가륵의 시신을 굽어보았다.

기개세로서는 생전 처음 싸워본 강적이었다. 만약 그가 바닥에 파묻혔을 때 율가륵이 틈을 주지 않고 계속 공격했다면

초극고수(超極高手) 257

결과가 어떻게 됐을지 모른다.

우르릉!

그때 석문이 열리면서 아미와 독고비, 주소령이 한꺼번에 달려들어 왔다.

밖에 있던 아미와 독고비는 실내의 기척을 살피다가 싸움이 끝난 듯한 느낌을 감지한 것이다.

"대가!"

"오라버니!"

세 여자는 기개세에게 달려오며 반갑게 외쳤다. 아미는 독고비와 가깝게 지내더니 예전의 '문주'라는 호칭을 잊고 이제는 자신도 '대가'라고 부른다.

울컥!

그때 기개세가 검붉은 핏덩이를 왈칵 토해냈다. 아까 율가 륵에게 여러 대 두들겨 맞은 것 때문에 가볍지 않은 내상을 입은 듯했다.

"아악! 대가!"

"꺄악! 오라버니!"

그러자 세 여자가 동시에 기개세에게 달라붙어 부축하면서 비명을 질렀다.

아미와 독고비는 믿을 수 없다는 표정을 지으며 기개세를 바라보았다.

기개세가 핏덩이를 토할 정도로 율가륵이 고강했다는 사실을 믿지 못하는 것이다.

그때 입구 쪽에서 여자들의 처절한 비명 소리와 아이들의 날카로운 울음소리가 터져 나왔다.

율가륵의 가족들이다. 그녀들 뒤쪽에는 금의위사들을 한 명도 남기지 않고 도륙한 천인사와 도겸, 우림, 담신기 등이 늘어서 있었다.

第百三十五章
눈물을 머금고

대사부

기개세는 자금성을 완전히 장악했다.

금의위사들과 황궁시위대 고수들을 거의 죽였으며, 여기저기 뿔뿔이 도망친 자들을 소탕하고 있는 중이었다. 그래 봤자 다 합쳐서 백여 명도 채 되지 않는다.

"미안하구나, 소령아."

"괜찮아요, 오라버니. 소녀는 철천지원수 율가륵이 처참하게 죽은 것만으로도 너무 기뻐요!"

기개세의 말에 주소령은 환하게 웃으면서 기개세의 손을 잡고 흔들었다.

기개세는 율가륵을 죽이게 될 때 주소령에게도 기회를 주겠다고 한 약속을 지키지 못한 것이 못내 마음에 걸렸다.

 그러나 그는 율가륵을 죽일 생각이 없었다. 그런데도 끝내 그를 죽일 수밖에 없었던 이유는, 기개세 자신이 살기 위해서였다. 그를 죽이지 않았으면 기개세가 죽었을 것이다.

 기개세는 양심전 내의 어느 화려한 접객실의 푹신한 의자에 앉아서 한동안 휴식을 취했다.

 율가륵에게 두들겨 맞아서 뼈가 부러지지는 않았다. 단지 가볍지 않은 내상을 입은 정도다.

 웬만한 초절고수가 율가륵의 주먹에 한 대라도 제대로 적중됐더라면 필경 묵사발이 됐을 것이다. 그의 위력은 그 정도로 가공했다.

 하지만 기개세는 천신여의지경이 팔경에 이르러 몸이 어느 정도까지는 금강불괴지신이 되어 있는 상태라서 율가륵의 주먹을 견딜 수 있었던 것이다.

 실내에는 기개세와 아미, 독고비, 주소령 네 사람이 탁자 둘레에 앉아 있었다.

 다른 사람들은 기개세의 명령에 따라 자금성을 접수하는 일을 하고 있다.

 천검육군과 천검중원삼군이 회군하는 이반의 신삼별조와 울고수, 울군사를 저지하는 한편, 일부는 북경성으로 진군하여 황도(皇都) 장악을 개시한다.

이반은 북경성에 구문도독부만 남겨두었기 때문에 북경성을 장악하는 것은 어렵지 않은 일이었다.

자금성과 북경성을 기반으로 세력을 점차 넓혀 나가면서 또 한편으로는 이반의 울고수와 울군사를 뿔뿔이 흩어지게 만들어 각처에서 토벌을 한다.

천라대에 의해서 이반의 신삼별조와 울고수, 울군사들이 어디에서 무엇을 하고 있는지 훤하게 파악하고 있으므로 그들을 흩어놓는 것은 간단한 일이다.

다만 흩어놓은 울고수와 울군사들이 중원 각처에서 물자를 확보하기 위해 백성들을 핍박하고 괴롭히는 상황이 벌어질 것이다.

또한 토벌하는 과정에서 백성들이 피해를 입게 되는 것 역시 어쩔 수 없이 감수해야만 한다. 전쟁은 항상 백성들에게는 재앙이었다.

어쨌든 기개세로선 건너야 할 강이 열 개라면 이제 그중에 하나를 무사히 건넜다.

주소령은 태어나고 자란 고향이나 다름이 없는 자금성에 삼 년여 만에 돌아와서 무척이나 들뜬 기분일 텐데도 기개세 옆에 차분하게 앉아서 차를 따르는 등 그의 시중을 들기에 여념이 없었다.

주소령을 자금성에 마음대로 돌아다니게 하는 것은 아직 위험한 일이었다.

금의위나 황궁호위대 잔당들이 어디에 숨어 있다가 그녀에게 해코지를 할지 모르기 때문이다.

기개세는 창 쪽을 쳐다보았다. 창이 부옇게 밝아오고 있는 것을 느낀 것이다.

해시(亥時:밤 10시) 무렵에 자금성에 잠입했으니까 다섯 시진 만에 장악한 것이다.

말 그대로 하룻밤 사이에 역사가 바뀌었다, 라는 말이 실감 나는 순간이다.

"주군!"

그때 나신효가 문을 벌컥 열고 거의 구르다시피 안으로 달려들어 왔다.

나신효가 저렇게 당황하고 다급한 모습을 처음 보는 기개세는 알 수 없는 불길함이 엄습하는 것을 느꼈다.

그는 머릿속으로 과연 잘못될 만한 것이 무엇인가를 빠르게 생각해 보았으나 그럴 만한 것이 없었다.

기개세뿐만 아니라 아미와 독고비, 주소령까지 바짝 긴장한 얼굴로 나신효를 주시했다.

나신효는 거의 엎어질 듯이 기개세 앞에 무릎을 꿇고 숨이 넘어갈 듯 보고했다.

"주군! 울전대가 돌아오고 있습니다!"

순간 고요한 정적이 흘렀다. 모두들 나신효의 말을 믿고 싶지 않다는 표정이 떠올랐다.

울전대가 돌아오다니, 최대의 변수가 마침내 수면으로 솟아오른 것이다.

"마정협군은 어떻게 되었느냐?"

춘몽이 이끄는 마정협군 최정예 고수 삼천 명이 율가륵의 일곱 번째 부인 천상녀와 그녀의 딸을 납치해서 동해로 향했다는 것까지는 기개세도 알고 있는 사실이다.

아니, 천상녀 모녀를 배에 태워 발해만 깊숙이 들어갔으며, 울전대가 그 뒤를 추격하고 있다는 보고를 받은 것이 마지막이었다.

기개세의 물음에 나신효의 얼굴이 일그러졌다.

"전… 멸했습니다."

"전멸?"

기개세의 안색이 확 돌변했다.

"어떻게 전멸을 했다는 것이냐? 삼천 명이 모두 죽었단 말이냐?"

나신효는 자신의 죄인 양 고개를 들지 못했다.

"자세한 것은 모르겠습니다. 전서구에는… 단지 천상녀 모녀를 납치했던 마정협군이 울전대에 의해서 완전히 전멸했으며… 울전대가 자금성으로 돌아가고 있는 중이라고만 적혀 있었습니다."

"이런……."

기개세의 얼굴이 보기 싫게 일그러졌다. 제일 먼저 춘몽과 옥마제, 적마제 등의 호호탕탕한 얼굴이 떠올랐다. 마정협군이 전멸했다면 그들 모두 죽었다는 뜻이다. 기개세는 가슴이 떨어져 나가는 아픔을 느꼈다.

일그러지는 것은 그의 얼굴만이 아니다. 이렇게 되면 그가 계획했던 천하대계가 모두 다 일그러져 버리는 것이다.

마정협군의 전멸은 너무도 안타까운 일이지만 지금 발등에 떨어진 불은 그게 아니다.

"울전대는 어디쯤 오고 있느냐?"

"무청현(武淸縣)을 지났다고 합니다. 말로 달리면 북경성까지 한 시진 거리입니다."

그때부터 기개세는 침묵하며 깊은 생각에 잠겼다.

자금성을 손에 넣기 위해서 얼마나 고심했었으며 또 애를 썼는가.

그런데 이제 그것을 버리고 떠나야 한다. 그러는 것이 제일감(第一感)으로 떠올랐다.

기개세의 제일감은 항상 정확했었다. 그런데도 고심을 하는 이유는 제일감이 과연 옳은 것인지 재차 확인을 해보는 것에 지나지 않는다.

　독고비가 조용히 밖으로 나갔다. 만일을 대비해서 수하들에게 준비를 시켜두려는 것이다.

　그래야지만 기개세가 명령을 내렸을 때 일사불란하게 움직일 수가 있다.

　아미는 표정의 변화 없이 기개세의 오른쪽에 고요히 한 폭의 그림처럼 앉아 있다.

　그녀는 언제나 그랬다. 아무리 다급한 일이 벌어져도, 제아무리 기쁜 일이 생겨도 그녀는 지금처럼 다소곳이 기개세의 곁을 지켰었다.

　그러나 아직 어린데다가 인간의 뜨거운 감정을 갖고 있는 주소령은 그러지 못했다.

　그녀는 안색이 백지장처럼 창백하게 변해서 하염없이 기개세만 바라보았다.

　그러다가 고개를 숙이고 자신의 손등을 굽어보다가 다시 기개세를 바라보는 것을 반복했다.

　어느새 그녀의 사슴처럼 크고 고운 두 눈에 눈물이 가득 고여들었다.

　기개세를 바라볼 때에는 두 뺨으로 눈물이 흐르고, 고개를 숙였을 때는 손등으로 후드득 떨어지는데도 그녀는 느끼지 못했다.

문득 기개세가 지그시 어금니를 악물었다. 그러더니 짙은 눈썹이 꿈틀거렸다.
'언제까지 울전대를 피해 다닐 수만은 없다……!'
제일감을 검토하는 중에 제이감(第二感)이 떠올랐다. 그것은 울전대와 승부를 벌이는 것이다.
그러자 제이감을 부추기는 여러 가지 생각들이 우후죽순처럼 마구 떠올랐다.
울전대가 막강해 봤자 얼마나 강하겠는가. 신삼별조 한복판에서도 종횡무진 누볐던 내가 아닌가.
이참에 울전대를 괴멸시키지 못하면 두고두고 골치 아픈 존재가 될 것이다.
그런데도 그는 쉽사리 결정을 내리지 못하고 갈등을 계속하고 있다.
일단 울전대에 대해서 아는 것이 전혀 없다는 사실이 가장 마음에 걸렸다.
그리고 울전대와 싸웠을 경우에 이기든 지든 그에 따르게 될 엄청난 피해를 생각하지 않을 수가 없다.
더구나 그런 막대한 피해를 내고서도 끝끝내 울전대를 괴멸시키지 못한다면, 천검신문 전체 전력이 휘청거리게 될 것이 분명하다.
그러나 어떤 결정이 됐든 간에 한시바삐 내려야만 한다. 지금 이 순간에도 울전대가 자금성으로 점점 가깝게 질주해 오고 있었다.

"으윽……."

그는 너무 힘주어 어금니를 악물다 보니 짓이겨진 신음이 새어나왔다.

오랜 고심 끝에 결국 벌떡 일어섰다.

그리고 그의 입에서 무겁게 가라앉은 한마디가 흘러나왔다.

"철수한다."

그때 그는 보았다. 어린 주소령의 얼굴이 해쓱하게 변하고 눈물이 비 오듯이 쏟아지는 것을.

"미안하구나, 소령아."

그는 앉아 있는 주소령의 머리를 쓰다듬었다. 그는 벌써 두 번째 그녀에게 미안하다고 말했다.

그녀의 자그만 몸이 바들바들 떨고 있는 것이 손을 통해서 전해졌다.

삼 년 만에 천신만고 끝에 겨우 돌아온 아무도 반겨주지 않는 고향집이다.

그리운 부모님도 오라버니들도, 그리고 낯익은 하녀 한 명 없는 자금성이지만, 그녀에겐 태어나고 자란 꿈결 같은 고향집이다.

그런데 돌아온 지 몇 시진 만에 다시 떠나야 하는 어린 그녀의 심정을 누군들 헤아릴 수 있겠는가.

"소녀는……."

그때 주소령이 촉촉이 젖은 목소리로 입을 열었다.

그녀는 입술을 깨물면서 기개세를 올려다보고 나서는 애써 환하게 미소를 지었다.

"소녀는 괜찮아요. 아무렇지도 않아요. 어쩔 수 없는 상황인걸요."

기개세는 착잡한 마음을 떨치기 어려웠다. 그러면서 주소령이 너무도 갸륵했다.

제 아픔을 애써 감추고 의연한 모습을 보이는 이 어린것이, 그저 한없이 가엾고 어여뻤다.

'기특한 것…….'

그래서 언젠가는 주소령을 위해서라도 반드시 자금성을 되찾아주겠다고 내심 맹세를 거듭했다.

그는 주소령을 번쩍 들어 등에 업었다.

"가자."

이어서 걸어나가며 명령했다.

"율가륵의 가족 모두를 데리고 간다. 그리고 태자와 이황자를 찾아라."

그 말에 주소령이 눈을 빛냈다. 큰오빠와 둘째 오빠가 울제국에 의해서 어딘가에 감금되어 있다고 들었는데 그곳이 자금성일지도 모르기 때문이다.

들어서던 독고비가 그 말을 듣고 물었다.

"태자 이반은 부인이 열두 명이나 있던데 그녀들도 데리고 가나요?"

"물론이다. 율가륵과 터럭만큼이라도 관계가 있는 자들은 깡그리 끌고 간다."

나중에 그들이 필요할 때가 있을 것이다. 이것은 전쟁이다. 양심이나 자비를 베풀다간 내 수하들과 백성들이 그보다 더한 대가를 치르게 될 것이다.

양심전 대전 입구를 나선 기개세는 천천히 걸어 돌계단 위에 우뚝 멈췄다.

시체는 한 구도 보이지 않았다. 부지런한 천검신문 고수들이 이미 깨끗이 치웠기 때문이다.

다만 돌계단과 바닥에 피가 냇물처럼 흐르고 있는 것은 미처 치우지 못했다.

잠시 후에 아미와 독고비가 나와서 그의 좌우에 섰다.

주소령은 기개세 등에 얼굴을 묻은 채 눈을 꼭 감고 있다. 떠나면서도 자금성을 보지 않으려는 것이다. 그러면 마음이 더 아플 것이기에.

기개세의 등이 축축하게 젖었다. 그리고 가슴속도 젖었다.

기개세와 아미, 독고비는 동시에 신형을 날려 비스듬히 야공으로 솟구쳤다.

쿠쿠쿠쿠쿵!
이른 아침의 차가운 공기를 뚫고 지축을 울리는 굉음이 터져 나왔다.
어제 자금성 신무문을 나섰을 때처럼, 지금 울전대는 신무문을 통해서 자금성 안으로 파도처럼 밀려들어 가고 있다.
어제 자금성을 나간 울전대가 대로를 휩쓸고 지나갔을 때 선량한 백성 삼백여 명이 말발굽에 짓밟혀 처참한 죽임을 당했었다.
다행히 지금은 이른 아침인데다, 멀리서 굉렬하게 지축이 울리는 굉음이 나자 백성들은 문을 걸어 잠근 채 집에서 나오지 않았다.
그러나 대로변의 어느 골목 어귀에 서서 울전대가 태풍처럼 대로를 휩쓸고 지나가는 광경을 지켜보고 있는 한 사람이 있었다.
울전대가 오고 있는 쪽 골목 벽에 등을 붙인 채 눈도 깜빡이지 않고 지켜보는 그는 바로 기개세다.
그는 완벽하게 장악한 자금성을 울전대 때문에 포기하고 분루를 삼키며 나와야만 했다.

그래서 과연 울전대가 어떤 존재인지 자신의 눈으로 직접 확인하려는 것이다.

그는 빠르게 스쳐 지나가는 울전대를 날카롭고도 세심하게 살펴보았다.

그가 본 울전대는 고서에서 읽은 적이 있는 그 옛날 고구려의 철갑기마병(鐵甲騎馬兵) 같았다.

그 당시 고구려 철갑기마병은 무적을 자랑하며 당나라를 공포로 몰아넣었다고 전해진다.

하지만 그래 봤자 군대다. 강호의 고수를 능가하지 못한다는 얘기다.

더구나 그런 무적의 철갑기마병을 지녔던 고구려는 멸망해서 영원히 역사에서 사라져 버렸다.

기개세는 울전대가 지니고 있는 여러 무기들을 자세히 살펴보았다.

왼쪽 어깨에는 단창이, 오른쪽 어깨에는 활과 화살통이 메어져 있다.

그리고 양쪽 허리에는 각기 도와 검이 매달려 있다. 뿐만 아니라 타고 있는 말의 양쪽 옆구리에는 뚜껑이 굳게 닫힌 두 개의 검은 철통이 묶여 있었다.

울전대는 생각했던 것보다 무기를 많이 지니고 있었다. 그렇다는 것은 그 무기들을 능숙하게 다룬다는 얘기고, 그만큼

무예가 뛰어나다는 뜻이다.

그들이 지니고 있는 것은 창과 활과 도와 검 네 종류다.

검은 가벼워서 사용하기에는 편리하지만 위력이 약하다. 그래서 찌르기 위주의 공격을 해야만 한다. 또한 적의 무기와 부딪쳤을 때 잘 부러지는 단점이 있다.

도는 검보다 두 배 가까이 무거워서 위력이 강하고 찌르기보다는 베고 자르기 위주의 공격이다. 하지만 무겁기 때문에 동작이 느릴 수밖에 없다.

단창의 길이는 도검의 두 배에서 세 배 가까이 된다. 그래서 먼 거리의 적을 살상하는 데 적합하다.

비슷한 수준끼리의 싸움에서는 창을 갖고 있는 사람이 훨씬 유리하다는 뜻이다.

그렇지만 적이 빠르게 다가들면서 공격하면 긴 단창으로는 상대하기가 어렵다.

활은 두말할 것도 없이 원거리의 적을 무력화시키는 데 특히 유용하다.

더구나 활 솜씨가 정확하거나 위력적이라면 적이 가까이 오기도 전에 격퇴시킬 수가 있어서 싸움 자체가 이루어지지 않는다.

하지만 활 역시 지척 거리에서는 사용하지 못한다는 단점을 안고 있다.

그런데 울전대는 각기 장단점이 있는 네 종류의 무기를 고루 갖추고 있다.

즉, 그것은 원거리나 조금 먼 거리, 그리고 가까운 거리의 적들을 두루 적절하게 상대할 만반의 준비를 갖추고 있다는 뜻이다.

기개세는 울전대가 앉아 있는 안장의 양쪽에 매달린 두 개의 길쭉한 검은 철통이 무엇인지 궁금했다.

그 안에 들어 있는 것이 울전대를 무적강병으로 만들어주는 그 무엇일 것 같다는 생각이 들었다.

그는 이 장 거리에서 빠르게 스쳐 지나가는 울전대의 실력을 한번 시험해 보고 싶은 마음이 들었으나 참았다.

괜히 잘못 건드렸다가 벌집을 쑤셔놓는 결과를 초래할 수도 있기 때문이다.

그가 관찰하고 있는 사이에 울전대는 후미까지 완전히 대로를 지나가 신무문 쪽으로 사라져 갔다. 마치 한차례 태풍이 지나간 것 같다.

그는 천천히 대로로 걸어나가서 멀어지고 있는 울전대 후미를 물끄러미 응시했다.

그의 머릿속에는 울전대가 지니고 있던 네 종류의 무기와 두 개의 검은 철통에 대한 생각이 가득 차 있었다.

언젠가는 울전대를 상대하게 될 것이다. 울제국을 괴멸시키자면 그것은 필연이다.

　방금 전에 본 울전대의 모습은 기개세의 뇌리에 깊숙이 각인되었다.

　기개세가 자금성에서 나온 직후에 제일 먼저 한 일은 천검육군과 천검중원삼군에게 원래의 위치로 퇴각하라는 명령을 내린 것이다.

　울전대 문제가 해결되지 않는 한 천하대계는 잠정적으로 무기한 연기할 수밖에 없게 되었다.

　그가 내리는 결정 여하에 따라서 천검신문 전 수하의 사활이 좌우된다.

　천검신문은 천검육군이 삼십만이고, 천검중원삼군이 삼십만으로 도합 육십만의 대군이다. 군대로 치면 그들은 정규군이라고 할 수 있다.

　거기에다 사도구련에서 정예 고수로 분류되지 못한 사도고수가 또한 삼십만이다.

　기개세는 작전이나 계획을 실행할 때 최우선으로 천검육군을 투입하고 그다음에 천검중원삼군을 사용한다.

　사도고수 삼십만은 임시로 천검사도군(天劍邪道軍)이라는 이름으로 대명국 내에 묶어놓기만 한 채 한 번도 출동시켜 본 적이 없었다.

중원을 위해서 자신들도 뭔가 돕겠다고 모여든 사도고수이고, 또한 부친 기무군의 수하들이라서 내치지 못하고 거두기는 했으나 전쟁이 끝날 때까지 그들을 투입하는 일은 없을 것이라는 기개세의 생각에는 변함이 없었다.

여하튼 기개세가 내리는 결정에 따라서 구십만에 달하는 수하들과 이천만에 달하는 대명국 백성들의 운명이 달려 있으니 어떤 결정이든 수백 번 이상 고심을 거듭한 후에 내려야만 한다.

이반은 대명국과의 접경 지역에 주둔하고 있다가 자금성 함락 소식을 접하고 즉시 신삼별조와 울고수, 울군사를 이끌고 북경성으로 향했다.

그러나 도중에 기개세 일행이 자금성을 버리고 도망쳤으며 울전대가 돌아왔다는 보고를 접하고는 수하들을 원래의 위치로 돌아가라고 명령하고, 자신은 신삼별조의 무한겁별만 데리고 돌아오고 있는 중이었다.

그가 북경성으로 돌아오는 이유는 부친 율가륵이 죽었다는 보고를 받았기 때문이다.

이제 이반이 울제국 제이대 황제에 등극할 것이다. 그렇게 되면 많은 변화가 일어날 것이다. 율가륵과 이반은 근본적으로 다른 인간이므로.

동풍장(東風莊)은 천라대 북경 지부 소유의 장원이다.

자금성에서 동쪽으로 오 리쯤 떨어진 곳이며, 남북으로 곧게 나 있는 숭문대로(崇文大路) 변에 위치해 있다.

뒷문을 나서 조금만 가면 북경성의 동문인 조양문(朝陽門)이 있어서 기개세 일행이 머물기에는 최적지다.

자금성 장악이 실패로 끝났으나 기개세는 북경성을 떠나지 않았다.

그는 앞으로도 될 수 있으면 북경성을 떠나지 않을 생각이다. 이곳이 적의 심장부이기 때문에 어떻게든 이곳에서 결판을 내려는 것이다.

그가 자금성 턱밑에 있을 것이라고는 이반도 생각하지 못할 것이다.

아니, 예상한다고 해도 상관이 없다. 찾으려면 찾아보라는 것이다. 얼마든지 숨어주고 상대해 줄 생각이다.

승부는 멀리 떨어져서 하는 게 아니다. 바로 코앞에서 하는 것이다.

주소령은 창 앞에 앉아서 반쯤 열어놓은 창으로 서쪽 하늘을 바라보고 있었다.

그쪽 방향에는 자금성이 있다. 지금 그녀는 자금성에서 도망쳐 나온 것을 못내 슬퍼하고 있는 것이 아니라 슬픔을 끝내려고 애쓰는 중이다.

그녀는 기개세의 등에 업혀서, 그리고 그의 곁에 있으면서 그가 어떻게 싸웠으며 어떻게 대처했는지 생생하게 지켜보았다.

기개세에게는 아무런 잘못이 없다. 다만 운이 따라주지 않았을 뿐이다.

아니, 오히려 그는 철천지원수인 율가륵을 죽였다. 대명황실의 원수이자 대명제국 만백성의 원수인 율가륵이 기개세의 손에 처참하게 죽은 것이다. 그것은 오직 기개세만이 할 수 있는 쾌거다.

더구나 자금성의 금의위와 황궁시위대를 전멸시켰다. 뿐만 아니라 율가륵의 피붙이들을 깡그리 끌어내어 볼모로 삼았다. 대저 이보다 더 통쾌한 일이 어디에 있겠는가.

그래서 주소령은 지금 이 자리에서 슬픔을 다 털어버리고 이제부터는 명랑한 모습으로 기개세를 대하려고 마음을 다잡고 있는 중이었다.

척!

그때 그녀의 등 뒤쪽에서 문이 열리는 소리가 들렸다.

그녀가 뒤돌아보니 기개세가 미소를 지으면서 들어서고 있었다.

바로 그때 주소령은 기개세를 보는 순간 깨달았다. 그가 자신에게 얼마나 위대하고 또한 소중한 존재인가를.

  그를 만난 지 불과 이틀밖에 지나지 않았지만, 이제는 그녀의 인생에서 그가 없는 삶이란 상상조차 할 수 없게 돼버렸다. 어떻게 이럴 수 있는 것인지 그녀조차도 신기하게 여길 정도다.

  그것은 남녀 간의 사랑이나 애정 같은 것이 아니다. 그런 것보다 더 크고 넓은 의미다.

  뭐라고 꼬집어서 설명할 수는 없지만, 주소령에게 기개세라는 존재는 두 발을 딛고 선 대지며 또한 머리 위에 이고 있는 하늘 같은 것이다.

  "오라버니."

  주소령은 발딱 일어나서 기개세를 향해 팔랑팔랑 달려가 스스럼없이 품에 안겼다. 그 행동을 슬픔을 모두 떨쳐 버리는 전환점으로 삼았다.

  "무엇을 하고 있었느냐?"

  주소령은 기개세의 허리를 꼭 끌어안고 그의 가슴에 얼굴을 비비면서 대답했다.

  "오라버니를 생각하고 있었어요."

  "내 생각을?"

  "네."

  주소령은 서 있는 키가 기개세의 가슴 아래에 겨우 닿을 정도다. 그녀는 나이 또래에 맞는 키인데 기개세가 너무 크기 때문이다.

"아유… 오라버니를 올려다보고 있으면 목이 아파요."

주소령은 두 팔로 그의 허리를 안은 채 그의 얼굴을 올려다보려고 고개를 뒤로 젖히고 있다가 얼굴을 예쁘게 찡그리며 엄살을 부렸다.

"영차. 이러면 어떠냐?"

그러자 기개세가 그녀를 번쩍 들어 올려서 한 손으로 궁둥이를 받쳐 안았다.

"아아… 너무 좋아요!"

주소령은 두 손을 기개세의 어깨에 얹고는 어린아이처럼 기뻐했다.

표정만 어린아이 같은 것이 아니라 그렇게 안고 있으니까 마치 아버지가 어린 딸을 안고 있는 듯했다.

"오라버니, 소녀는 어제 자금성의 일이 결과적으로는 성공했다고 생각해요."

"어째서?"

기개세는 자금성 일을 주소령이 명랑하게 이야기하는 것이 기특하고 또 마음이 놓였다.

"통쾌하게 원수를 갚은데다 또 원수의 가족들을 모두 볼모로 삼았으며, 금의위와 황궁시위대를 모두 죽였잖아요. 그리고 우리는 거의 피해가 없었어요. 그러니까 얼마나 대단한 전과를 올린 건가요?"

"그렇군."

"그러니까 오라버니는 약속을 지키셔야 해요."

기개세는 의아한 표정을 지었다.

"무슨 약속 말이냐?"

주소령의 궁둥이는 얼마나 앙증맞은지 기개세의 손바닥보다 작은 듯했다.

그래서인지 그녀는 그의 손바닥 위가 제 집인 양 편하게 행동했다.

"자금성 일이 성공하면 술 한잔 거하게 하자고 그러셨잖아요."

주소령은 짐짓 기개세의 목소리를 흉내 내면서 수염 없는 턱을 쓰다듬었다.

"호오… 그러니까 말인즉, 너는 술이 거하게 마시고 싶다는 거로구나?"

"오라버니와 함께요. 지금처럼 오라버니 손바닥 위에 앉아서 마시면 더 좋구요. 헤헷!"

"요 녀석."

기개세는 손가락으로 주소령의 코를 가볍게 비틀었다.

문득 그는 몸을 돌려 문 쪽을 쳐다보면서 느긋하게 말했다.

"자, 누가 너를 만나러 왔는지 봐라."

"누군데요?"

주소령은 기개세의 손바닥 위에서 반 바퀴를 돌아 그의 가슴에 등을 밀착시킨 자세를 취하며 문을 바라보았다.

척!

그러자 문이 열리고 한 사람이 천천히 들어섰다.

"아……."

그 사람을 발견한 순간 주소령의 자그마한 몸이 벼락을 맞은 듯 바르르 격렬하게 떨렸다.

그런데 들어선 사람은 한 명이 아니다. 그 뒤를 또 한 사람이 따라서 들어오고 있었다.

그들은 두 명의 청년이다. 깨끗한 백의와 황의를 입었는데 한 명은 청수한 학자 같은 모습이고, 또 한 사람은 후덕한 부처 같은 모습을 하고 있다.

"오라버니……."

주소령은 얼굴 가득 놀랍고도 반가운 표정을 떠올리며 벌써 눈물범벅이 됐다.

기개세가 조심스럽게 바닥에 내려주자 그녀는 줄달음질쳐서 두 청년에게 달려갔다.

"큰오라버니! 둘째 오라버니!"

"소령아!"

두 청년은 함께 마주 달려와 주소령을 얼싸안으며 기쁨의 외침을 터뜨렸다.

그들은 다름 아닌 대명제국의 태자인 주명승(朱明昇)과 주명광(朱明光)이었다.

기개세가 지난밤에 자금성을 빠져나오기 전에 수하들에게 그들을 찾아보라고 명령했었는데 다행히 자금성에 유폐되어 있었던 것이다.

第百三十六章
아! 주군!

대사부

둥글고 큰 탁자에 여러 사람들이 둘러앉아서 화기애애하게 술을 마시고 있다.

기개세 좌우에는 아미와 독고비가 앉았고, 맞은편에는 태자 주명승과 주명광이 자신들의 부인과 나란히 앉아 있다.

주소령은 독고비와 주명광의 부인 사이에 앉아 있는데 조금 시무룩한 모습이다. 기개세 옆에 앉고 싶은데 그러지 못했기 때문이다.

가족들과 함께 앉아야 하는 것 때문이기도 했으나, 이번에는 독고비가 완고하게 가로막고 나섰다.

독고비는 기개세와 주소령을 더 이상 가깝게 둬선 안 되겠다고 판단했다.

기개세는 주소령을 추호도 여자로 여기지 않고 그저 귀여운 여동생으로만 여기고 있다.

주소령 또한 이상한 행동 같은 것 없이 기개세에게 마냥 응석과 어리광만 부린다.

하지만 독고비는 결코 좌시할 수가 없었다. 남녀의 관계라는 것이 하루아침에 어떻게 발전하는지 기개세 곁에서 잘 지켜봐 왔기 때문이다.

그녀가 보기에 기개세는 지금은 주소령을 귀여운 여동생으로 여기는 것이 진심이겠지만, 자꾸만 접촉하다 보면 자신도 모르는 사이에 그녀를 여자로 여기게 될지도 모르는 일이다.

하지만 기개세보다 더 위험한 사람이 주소령이다. 그녀 역시 지금은 기개세를 그저 한없이 의지하고 존경하는 사람으로만 여기고 있다.

그러나 자꾸 그의 품에 스스럼없이 안기고 몸을 부대끼다 보면 어느 순간 그를 남자로 느끼게 될지 모른다.

그것은 독고비가 여자라서 너무 잘 알고 있다. 그녀 역시도 그런 전철을 밟았으니까 말이다.

"태문주, 한 가지 청이 있습니다."

올해 삼십 세의 태자 주명승은 기개세에게 지나칠 정도로 공손했다.

"말씀하시오."

"우리를 대명국으로 보내줄 수 없겠습니까?"

"대명국에?"

기개세는 뜻밖이라는 표정을 지었다.

대명국에는 삼황자였던 주명옥이 황제로 있다. 그런데 주명승이 그곳으로 가겠다니 혹시 다른 뜻이 있지 않은가 의심의 여지가 있는 것이다.

주명승은 기개세의 의중을 헤아렸는지 빙그레 미소를 지으며 말했다.

"우리 형제는 자금성에서 서장 오랑캐에게 둘러싸여 온갖 곤욕을 치르면서 유폐 생활을 하는 동안 한 가지 결심을 한 것이 있습니다."

태자와 황자의 신분이었던 그들이 자금성에서 어떤 고초를 겪었을지는 어렵지 않게 짐작할 수 있었다.

"백성들처럼 평범한 삶을 살자는 것입니다. 아버님께선 황제이셨기 때문에 비참한 최후를 맞이하셨고, 우리는 황족이었기 때문에 고통을 겪었습니다. 우리 가족이 평범한 백성이었다면 그런 일은 없었겠지요."

백 번 천 번 이해할 수 있는 말이다.

"우리가 자유의 몸이 되는 날이 오리라고는 꿈에서나 상상했었는데… 막상 현실로 이런 날이 찾아오니까 감개무량합니다. 이것은 오로지 태문주의 하늘 같은 은혜입니다."

주명승이 그 말끝에 기개세를 향해 공손히 고개를 숙이자 주명광과 두 명의 부인도 같이 고개를 숙였다. 그들은 진심으로 고마워했다.

"우리가 대명국으로 가려고 하는 것은 그곳에 셋째가 있기 때문입니다."

"큰오라버니, 셋째 오라버니는……."

"셋째가 대명국의 황제가 됐다는 말은 조금 전에 들어서 알고 있다."

주명승 등은 자금성 내에서 유폐 생활을 했기 때문에 바깥 세상이 어떻게 돌아가고 있는지 까맣게 모르고 있었다.

그런데 지난밤에 기개세에게 구조되고 나서 놀라운 사실을 알게 되었다.

천검신문이 남경성을 중심으로 나라를 세웠는데, 대명제국의 맥을 이어서 대명국이라고 이름을 짓고 황제에 셋째 주명옥을 즉위시켰다는 사실이다.

주명승과 주명광 형제는 선친 효경황제처럼 셋째 아우와 막내 여동생 주소령이 죽은 줄만 알고 있었다.

그런데 셋째 주명옥은 대명국의 황제가 되고, 주소령은 이렇게 천검신문 태문주 곁에 있다가 만나게 되니 이것이 정녕 꿈인가 싶었다.

"셋째가 대명국의 황제가 되었다니 우리는 뭐라 말할 수 없이 기쁩니다. 그러나 우리가 대명국에 가려는 이유는 셋째가 우리의 가족이기 때문입니다. 우리 가족은 이제 절대로 헤어지고 싶지 않습니다."

말은 주명승이 하고 둘째 주명광은 옆에서 담담히 미소만 짓고 있었다.

그리고 두 부인은 너무도 행복한 표정을 지으며 다소곳이 앉아 있었다.

기개세는 그들의 뜻을 충분히 알아들었다. 그래서 그들 뜻대로 해주고 싶었다.

"원하는 곳에 기반을 마련해 주겠소."

기개세가 선선히 승낙하자 네 사람은 벌떡 일어나 또다시 공손히 허리를 굽혔다.

기개세는 그들이 앉기를 기다렸다가 빙그레 미소 지었다.

"대명국 황제는 그대들의 아우니까 고마워하려면 그에게 하시오."

주명승은 환한 표정을 지으며 주소령을 쳐다보았다.

"소령아, 이제 우리 절대로 헤어지지 말자꾸나."

그런데 웬일인지 주소령은 아무 말도 하지 않고 고개를 숙이고만 있었다.

"소령아, 어디 아픈 게냐?"

주명숭이 염려스러운 듯 묻자 주소령은 한동안 가만히 있다가 이윽고 천천히 고개를 들었다. 그런데 그녀의 얼굴에는 안타까운 기색이 역력했다.

"큰오라버니, 소녀는 가고 싶지 않아요."

두 오빠는 뜻밖이라는 표정을 지었다. 그들은 주소령이 가장 기뻐할 줄 알았던 것이다.

"무엇 때문에 그러느냐?"

"소녀는……."

주소령은 기개세 곁을 떠나고 싶지 않기 때문이라는 말을 차마 할 수가 없었다.

그때 독고비가 슬쩍 끼어들었다.

"공주님은 그동안 두 분 오라버니들이 보고 싶지 않았나요?"

주소령은 깜짝 놀랐다.

"언니, 왜 그런 말씀을……."

"보통의 상식을 갖고 있는 사람이라면, 생사를 모른 채 헤어져 있던 가족과 상봉하게 되면 다시는 떨어지지 않으려고 한다는데 공주님은 조금 다른 것 같아서요."

따끔한 일침이다.

"저는……."

주소령은 말문이 막혔다. 그녀가 아무리 변명을 해도 이 자리에서는 독고비가 말한 것처럼 보일 수밖에 없다.

독고비는 주소령에게 나쁜 감정이라곤 눈곱만큼도 없다. 단지 기개세 곁에서 떼어놓고 싶을 뿐이었다.

주소령은 졸지에 독고비 때문에 인정머리도 없는 나쁜 사람이 된 것 같아서 어쩔 줄을 몰라 했다.

원래 학식이 높고 사려가 깊은 큰오빠 주명승은 어린 여동생이 그러는 데에는 반드시 무슨 이유가 있을 것이라고 생각했다.

"소령아, 그 문제는 나중에 우리끼리 이야기하는 것이 어떻겠느냐?"

"네, 큰오라버니."

힘없이 대답하는 주소령은 기개세 곁을 떠나야 한다고 생각하니까 하늘이 무너지는 것만 같았다.

그녀는 조심스럽게 기개세를 바라보았다. 하지만 그는 그녀에게는 관심도 없다는 듯 아미가 따라주는 술을 묵묵히 마시고만 있었다.

나신효가 방금 날아든 전서구의 서찰을 들고 급히 기개세에게 보고하러 왔다.

"주군, 마정협군으로부터 전갈입니다."

주씨 삼 남매와의 술자리를 파한 후에 혼자 생각에 잠겨 있던 기개세는 반색하며 자세를 고쳐 앉으며 나신효가 내민 서찰을 뺏듯이 낚아챘다.

"음! 춘몽이……."

서찰을 읽고 난 기개세는 벌떡 일어났다.

"어떻게 하시겠습니까?"

나신효가 긴장된 얼굴로 물었다.

서찰의 내용은 길지 않았다. 춘몽을 비롯한 마정협군의 몇몇 생존자가 동해 바닷가 작은 촌락에 은신해 있는데, 춘몽이 중상을 입은 채 사경을 헤매고 있다는 것이다.

나신효가 조심스럽게 자신의 의견을 말했다.

"육로로 원군을 보내고 바다로는 배를 보내는 것이 어떻겠습니까?"

지금으로서는 최선의 방법이다. 육로로 원군을 보내면 반나절 만에 도착할 것이고, 바다로 보낸 배는 춘몽과 생존자들을 안전하게 대명국까지 호송할 것이다.

　　　　　*　　　*　　　*

끼룩끼룩…….

갈매기들이 날고 있는 바닷가에는 우거진 해송림을 등지고 게딱지 같은 집들 이십여 채가 옹기종기 모여 있다.

촌락 앞 넘실거리는 바다에는 손바닥만 한 조각배들 십여 척이 둥둥 떠서 그물질이나 낚시로 고기잡이를 하고 있는 평화로운 전경이다.

촌락의 집들은 모두 흙담과 흙벽으로 지어졌으며 거북이처럼 나무껍질을 덮고 있는 지붕은 매우 낮았다. 거센 바닷바람을 피하기 위해서다.

"으으……."

그런데 촌락 오른쪽 끄트머리 집 안에서 매우 고통에 겨운 신음 소리가 새어나왔다. 한 군데가 아니라 끝 쪽 세 집에서 거의 동시에 흘러나왔다.

"끄으으……."

애간장을 끓는 듯하며, 어금니를 악물었는데도 이빨 사이로 새어나오는 신음 소리가 분명하다.

어느 집 안의 침상에 한 여자가 반듯한 자세로 죽은 듯이 누워 있고, 침상 가에는 한 사내가 모탕 위에 어깨를 늘어뜨린 채 앉아 있었다.

집 안은 방이나 부엌이 따로 없이 하나로 툭 트인 구조다. 하지만 그리 넓지 않다. 한쪽 벽면에 침상이 있고, 입구 옆에는 부엌이 있으며, 벽에는 낡고 남루한 옷가지들이 연 걸리듯이 매달려 있다.

집 안 바닥 한복판에 둥근 화덕이 있고 그곳에 모닥불이 기세 좋게 타오르고 있는 덕분에 한겨울 바닷가인데도 불구하고 실내는 훈훈했다.

실내에는 두 사람만 있는 것이 아니었다. 여기저기 바닥에 십여 명의 사내가 드러누웠거나 앉아서 고개를 푹 숙이고 있었다.

하나같이 상처를 입은 피투성이인데 그나마 헝겊이나 옷가지로 상처를 싸맨 모습들이다. 제대로 된 치료가 아니라 임시방편이다.

"흐으으……."

그때 애끓는 신음 소리가 또 흘러나왔다. 바닥에 누워 있는 어떤 사내가 고통에 몸을 뒤채면서 쥐어짜 내고 있는 신음 소리다.

그 옆에 퍼질러 앉아 있는 사내는 손을 뻗어 신음 소리를 내고 있는 사내의 머리를 쓰다듬어 줄 뿐이다. 해줄 것이 그것밖에 없기 때문이다.

끼이.

그때 나무 문이 듣기 거북한 소리를 내면서 열리더니 남루한 옷차림의 아낙네가 한 명 들어왔다.

그녀는 바구니 몇 개를 손에 들기도 하고 품에 안기도 한 모습인데, 누구에게랄 것 없이 실내의 사람들에게 순박한 시골 사람의 미소를 지어 보였다.

"다들 시장하시죠? 곧 아침밥 지어드릴 테니까 조금만 참으세요."

아침밥을 정오가 다 돼서 먹는다. 이곳 촌락 사람들은 하루에 두 끼만 먹기 때문이다.

아낙은 집주인의 아내다. 부상당한 낯선 사내들에게 집을 내주고 집주인과 아내와 자식들은 잠시 다른 집으로 더부살이를 나갔다.

어제 난데없이 수십 명의 다친 사람들이 이 촌락에 들이닥쳤을 때 촌락 사람들은 소스라치게 놀랐다. 촌락이 생긴 이래 그런 일은 한 번도 없었기 때문이다.

촌락 사람들은 공포에 떨면서 그들에게 제발 다른 곳으로 가주기를 애원했었다.

그때 낯선 사내 중 한 명이 지나가는 말로 중얼거리는 것을 촌락 사람 몇 명이 우연히 들었다.

"천검신문 사람이 환영받지 못할 때도 있군."

그때 이후 촌락 사람들은 낯선 사내들에게 아무것도 묻지 않고 극진하게 대접하기 시작했다.

세 가족이 집을 낯선 사내들에게 선뜻 내주고 자신들은 이웃집에 기꺼이 더부살이를 하러 갔다.

그리고는 이불과 옷가지를 주고, 집 안에 불을 피워주며, 끼니때마다 정성껏 식사를 챙겨주었다. 또한 정성껏 치료도 해주었다.

이불이나 옷가지라고 해봐야 번화한 성이나 현에서는 개조차도 물어가지 않을 정도로 남루한 것이고, 하루 두 끼니라고 해봤자 까슬까슬한 기장밥에 생선젓국, 푸성귀볶음 정도가 전부다.

그러나 낯선 방문자들은 남루한 이불과 옷가지를 비단금침이라 여기고 덮었으며, 기장밥과 생선젓국을 산해진미로 여기고 언제나 게눈 감추듯이 먹어치웠다.

그들이 덮고 먹은 것들은 촌민들의 눈물겨운 정성이기 때문이다.

"음……."

아낙의 말소리 때문인지 침상에 누워 있던 여자가 미약한 신음 소리를 냈다.

그 소리에 침상 가 모탕 위에 앉아 있던 사내나 바닥에 누워 있던 부상당한 사내들이 일제히 몸을 일으켜 긴장된 표정으로 그쪽을 주시했다.

침상 위에 누더기 이불을 덮고 있는 창백하고 초췌한 안색의 여자가 몇 번인가 눈을 뜨려고 애쓰다가 마침내 힘겹게 눈을 떴다.

처음에는 초점이 없는 흐릿한 눈이었으나 곧 별빛처럼 영롱한 눈동자를 사르르 굴리며 주위를 둘러보았다.

"여기는……."

"군주, 정신이 드시오?"

그때 열뜬 듯 반가운 목소리가 바로 옆에서 들려왔다.

별빛 눈동자가 그곳으로 또르르 구르더니 곧 배시시 미소를 지었다.

"옥가……."

모탕 위에 앉은 침상 가의 사내 옥마제는 여자를 보며 후드득 뜨겁고 굵은 눈물을 흘렸다.

"군주가 죽는 줄만 알았소……."

그러자 실내의 모든 부상당한 사내들이 침상의 여자를 보며 똑같이 뜨거운 눈물을 흘렸다.

"군주……."

점심을 준비하려던 아낙은 놀라서 그 자리에 얼어붙어 침상의 여자와 사내들을 눈동자만을 굴려서 살펴보았다.

침상의 여자 춘몽은 옥마제를 보면서 가볍게 아미를 찌푸리며 중얼거렸다.

"나는… 우리가 서장 오랑캐 놈들에게 전멸당하는 지독한 악몽을 꾸었어요. 옥가, 그거… 꿈이었지요?"
 "군주… 크흐흑……!"
 "으흐흐흑……!"
 옥마제와 사내들은 주먹으로 눈두덩이를 문지르며 오열을 터뜨렸다.
 부엌에 서 있던 아낙은 자신도 모르게 슬픔의 눈물을 뚝뚝 흘렸다.
 서장 오랑캐 놈들에게 전멸을 당하고 겨우 살아남은 같은 종족의 용감한 사람들이 너무도 불쌍해서 저절로 눈물이 솟구친 것이다.
 그것이 악몽이 아니었음을 깨달은 춘몽은 갑자기 온몸을 부들부들 떨어댔다.
 "아아… 주군을 무슨 면목으로 뵐 수 있단 말인가……. 설마 나 때문에 주군께서 일을 그르치시지는 않았을까……?"
 그녀의 걱정은 오직 주군과 주군이 실행하고 있는 대업뿐이다. 자신의 안위 같은 것은 애당초 안중에도 없었다.
 춘몽의 눈에 회한의 눈물이 차올라 눈초리를 타고 마구 흘러내렸다.
 "주군께선 자금성을 공격하신다고 했는데… 어찌 되었는지 옥가는 아세요?"
 '자금성!'

부엌에 서 있는 아낙은 파르르 몸을 떨었다. 그녀는 자금성이 울제국의 황제가 사는 곳이라고 알고 있다. 그곳을 이 사람들의 주군이라는 분, 즉 천검신문의 태문주가 공격했다는 것이다.

옥마제는 설레설레 고개를 가로저었다.

"나도 모르오. 이쪽에서 전서구만 보낼 수 있을 뿐 그쪽 것은 받아볼 수가 없어서……."

실내에 침묵이 흘렀다. 옥마제와 부상당한 사내들은 춘몽을 바라보면서도 아무 말도 하지 않았고, 춘몽은 눈을 감은 채 울지 않으려고 뺨을 씰룩였다.

부엌의 아낙은 감히 밥을 할 엄두를 내지 못한 채 그 자리에 뻣뻣하게 서 있을 뿐이다.

한참 만에 춘몽이 눈을 감은 채 중얼거렸다.

"우린 지금 어떤 상황인가요?"

옥마제는 잠시 침묵을 지키다가 이윽고 가라앉은 목소리로 입을 열었다.

"삼십이 명이 살아남았소."

그 말뿐 어떤 설명도 덧붙이지 않았다.

마정협군 최정예 고수 삼천 명 중에서 간신히 삼십이 명이 살아남았다는데 무슨 말을 할 수 있겠는가. 말해봤자 서로 가슴만 아플 뿐이다.

"적가는……?"

"죽었소."

옥마제는 적마제가 춘몽을 살리려다가 대신 죽었다는 말은 하지 않았다. 그는 목숨이 붙어 있는 한 그 말은 하지 않을 작정이다.

"적가마저……."

아낙은 식사 준비를 하는 대신 부엌에 우두커니 서서 눈물만 흘리고 있었다.

"우린 이제 어떻게 하죠?"

춘몽이 착 가라앉은 목소리로 물었다. 그녀는 처음에 깨어났을 때부터 자꾸 가슴이 답답했으나, 지금은 그것이 중요한 것이 아니라서 애써 무시하고 있었다.

"우리는……."

옥마제는 말을 꺼내놓고 한참 동안 가만히 있었다. 막상 설명을 하려니까 너무 참담해서 그러는 것이다. 그렇다고 군주에게 거짓말을 할 수는 없었다.

"이곳에 고립됐소."

길게 설명할 것도 없고, 설명하고 싶지도 않았다.

"미안하오. 내가 일부러 이곳 위치를 천라대에게 정확하게 알려주지 않았소."

"잘했어요. 주군께선 자금성을 장악하신 후에 울제국 대군을 상대하실 계획이신데 이만한 일로 신경을 쓰시게 할 수는 없어… 윽!"

춘몽은 말을 하다가 갑자기 답답한 비명을 토해냈다. 갑자기 가슴 한복판을 벌겋게 달군 인두로 지지는 것처럼 고통스러웠다.

"으음… 도대체 왜 이렇게 가슴이 아픈 거죠? 혹시… 나 다친 건가요?"

옥마제는 대답을 하지 않고 그저 어금니만 지그시 악문 채 다른 곳을 보고 있다.

춘몽은 자신의 가슴을 만져보고 싶지만 손을 들어 올릴 힘조차 없었다.

"아아… 이런 정말… 더럽게 아프구나……."

그녀의 입에서 꾸역꾸역 피가 솟아 나왔다. 말을 너무 많이 했기 때문이다.

"말을 그만 하시오."

옥마제가 엄하게 꾸짖었다.

"하아… 하… 하……."

춘몽은 웃는 것인지 가쁜 숨을 토해내는 것인지 답답한 숨소리를 흘려냈다.

"그래도… 좋았어……. 멋진 주군을 모시고… 중원을 위해서 싸울 수 있어서… 이제 죽어도 여한이 없어……."

바닥에 누워 있는 수하 하나가 껄껄 웃었다.
"허허헛……! 정말 멋들어진 주군이시죠. 그런 분을 모실 수 있어서 정말 영광이었습니다."
"그러게 말이야. 그 잘난 주군 얼굴이 왜 자꾸만 보고 싶은 것인지… 참나……."
그리고는 또 침묵이 흘렀다. 아니, 침묵이 아니다. 춘몽이 정신을 잃어가고 있었다.
"이런… 말을 너무 많이 했어."
춘몽을 보는 옥마제의 얼굴이 참담하게 일그러졌다. 옛날에는 연인이었으나 지금은 상전인 여자. 사랑하면서도 존경하고 있는 여자.
그녀가 죽어가고 있는데 그는 해줄 것이 아무것도 없다. 그래서 속이 쓰리다 못해 찢어지고 있었다.
무림고수들은 기초적인 의술은 알고 있다. 하지만 싸움을 하다 보면 기초적인 의술이 필요할 정도만 다치는 경우는 극히 드물다.
지금 이곳에 있는 생존자 삼십이 명 중에서 다치지 않은 사람은 아무도 없다. 그리고 기초적인 의술만 필요한 사람도 아무도 없다.
"루주……."
그때 바닥에 앉아 있는 사내 중 한 명이 옥마제를 보며 중얼거렸다. 그의 목소리에는 놀라움이 가득 배어 있었다.

그 사내는 옥마제가 우두머리로 있는 옥황마루의 수하다. 그래서 옥마제를 '루주'라고 부르는 것이다.

사내는 옥마제가 앉아 있는 모탕(장작 팰 때 받침대)을 쳐다보고 있었다.

옥마제의 궁둥이에서 흐른 피가 모탕을 타고 바닥에 흥건하게 고여 있었다.

그러나 옥마제는 사내를 돌아보며 손을 흔들어 그만두라는 시늉을 했다.

지금 옥마제는 춘몽에게만 온 신경을 쓰고 있어서 자신을 돌보지 않고 있었다. 그가 중상을 입었다는 사실은 지금껏 아무도 모르고 있었다.

춘몽이 생사기로에 처해 있는 상황에서는 옥마제가 생존자 삼십이 명의 우두머리 노릇을 해야 한다.

그렇지만 무엇을 어떻게 해야 할지 캄캄하기만 하다. 현재로선 대명국으로 귀환하는 것은 불가능하다.

이곳에 있는 생존자들을 치료하는 것마저도 녹록하지 않은 상황이다.

이대로 있다가는 치료해서 살아날 수 있는 사람들마저 제때 치료를 못해서 죽게 될 판국이다.

'빌어먹을……'

옥마제는 지난 시절에 춘몽, 적마제와 단짝이 되어 천하를 주유하며 수많은 난관들을 겪었으나 지금처럼 어떻게 해볼 수도 없는 절박한 벼랑 끝에 서 있기는 처음이었다.

천라대에게 다시 전서구를 보내서 이곳의 급박한 상황을 전하고 도움을 요청할 순 있다.

하지만 그것은 주군의 발목을 잡는 행동이다. 지금 북경성은 울제국과의 싸움, 아니, 전쟁으로 정신이 없을 텐데 이쪽에서 도움을 청하는 것은 다 된 밥에 재를 뿌리는 것이나 다름이 없다는 것이 옥마제의 생각이다.

천상녀 모녀를 납치하는 것은 성공했다. 그러나 그녀들을 납치한 최종 목적은 울전대를 유인해서 발해만에 수장시키는 것이었다.

그런데 그러기는커녕 오히려 마정협군 최정예 고수 삼천 명이 울전대에게 전멸을 당했다.

울전대는 다시 북경성으로 돌아갔다. 그것이 무엇을 의미하는지 옥마제는 너무도 잘 알고 있었다.

주군의 계획이 크나큰 차질을 빚게 된다는 뜻이다. 어쩌면 주군의 '천하대계' 자체가 잘못될 수도 있었다.

그것 때문에 옥마제와 춘몽, 이곳의 생존자들은 살아 있어도 살아 있는 것 같지 않은 심정인 것이다.

그런 상황에서 어찌 도움의 손길을 원할 수 있겠는가. 차라리 울전대와 싸울 때 이들도 다 죽었으면 이런 심적 괴로움도 없었으리라.

 침묵이 길어지자 아낙은 조심스럽게 밥을 하기 시작했다.

 조금 전까지만 해도 아낙을 비롯한 촌락 사람들은 이 낯선 사내들이 그저 천검신문 휘하라고만 생각했었다.

 그런데 이제는 이들에 대해서 조금 더 알게 되었다. 이들은 천검신문 태문주와 몹시 가까운 관계인 것이 분명하다. 그리고 매우 중요한 일을 하다가 전멸을 당했다.

 그런 생각에 아낙은 이들을 여태까지보다 더 정성껏 모셔야겠다고 다짐했다.

 옥마제는 춘몽의 맥을 잡았다. 아까보다 맥이 많이 약해졌다. 맥이 잡히지도 않을 정도다. 이대로 놔둔다면 춘몽은 오래 버티지 못할 것이다.

 그는 누더기 이불 밑으로 손을 넣어 춘몽의 아랫배 단전에 손바닥을 밀착시키고 진기를 주입시켰다.

 지금 춘몽이 그나마 목숨을 부지하고 있는 것은 순전히 옥마제가 주입시켜 주는 진기 덕분이었다. 그는 이미 수십 차례나 진기를 주입시켜 주고 있었다.

 그 자신도 위급한 상황이지만 춘몽을 살리는 일에만 전력을 다하고 있는 것이다.

 그가 춘몽에게 진기를 주입하자 궁둥이 쪽에서 피가 더 많이 흘러나왔다.

그는 등에 큰 상처를 입었는데 진기를 일으킬 때마다 더 많은 피가 흐르는 것이다. 하지만 그는 그런 것에는 조금도 신경을 쓰지 않았다.

그가 손을 떼고 잠시 시간이 흐르자 춘몽이 다시 눈을 떴다. 진기를 주입한 효과가 바로 나타났다.

"옥가… 내가 모를 줄 알았어요……?"

춘몽이 옥마제를 보며 책망하는 듯한 표정을 지었다.

"뭘?"

"내게 더 이상 진기를 주입하지 말아요. 어차피 죽을 텐데 산 사람이나 살아야죠……."

이곳의 분위기는 어느덧 생사를 초월하는 것으로 흘러가고 있었다.

죽어도 산 것 같고, 살아도 죽은 것 같은 묘한 분위기 때문일 것이다.

옥마제는 떨떠름한 표정을 지었다.

"누가 진기를 주입했다고 그래? 그럴 힘도 없어."

춘몽은 곱게 눈을 흘기고 아무 말이 없다가 잠시 후에 고즈넉하게 중얼거렸다.

"주군을… 한 번만 다시 뵐 수 있었으면 좋겠어요. 싸움터에서 그분과 함께 싸우다가… 그분 품에서 죽는 것이 내 소원이었는데…….."

옥마제는 빙그레 미소를 지었다.

"나는 주군과 다시 한 번 거나하게 술 한잔하고 싶군. 예전처럼 말이야."

그의 말이 끝나자마자 문이 듣기 거북한 소리를 내면서 천천히 열렸다.

끼이이…….

밥을 하던 아낙은 남편이 물고기라도 가져온 줄 알고 쳐다보지도 않고 말했다.

"마침 잘 왔어요. 물고기 이리 주세요. 막 국을 끓이려던 참이었어요."

그런데 물고기는커녕 누워 있던 사내들이 갑자기 탄성을 터뜨리는 것이 아닌가.

"주, 주군……!"

"아아… 주군이시다……."

그 말에 화들짝 놀란 사람은 아낙만이 아니다. 옥마제도 춘몽도 소스라치게 놀라서 문 쪽을 쳐다보았다.

거기 문 안쪽에 마치 은은하게 빛나는 태양처럼 기개세가 우뚝 서 있었다.

그의 양옆에는 그의 분신처럼 아미와 독고비가 서 있었다.

'아아… 이, 이분이… 천검신문의 태문주…….'

겨우 정신을 차리고 밥을 하기 시작한 아낙은 이번에는 아예 두 다리에 힘이 풀려서 그 자리에 스르르 주저앉아 버리고 말았다.

 옥마제는 주먹으로 눈을 비비고, 춘몽은 자꾸만 눈을 깜빡거렸다. 진짜 주군인지 확인하려는 것이다.

 "너희들······."

 기개세는 실내를 한차례 둘러보고 나서는 가슴이 콱 막혀 말을 잇지 못했다.

 바닥에 누워 있거나 앉아 있던 사내들, 아니, 천검신문 휘하 마정협군 최정예 고수들은 주섬주섬 일어나 기개세를 향해 부복을 했다.

 "여, 여보게··· 나 좀······."

 중상을 입어서 손가락조차 움직일 수 없는 사람은 동료의 부축을 받아 간신히 부복했다.

 기개세는 그들을 만류하지 않았다. 아니, 못했다. 이들이 주군을 향해 예마저도 갖추지 못한다면 더 초라해질 것을 알기 때문이다.

 "주, 주군······."

 쿵!

 모탕에서 일어서려던 옥마제가 크게 휘청거리다가 그대로 바닥에 쓰러졌다.

자신이 흘린 피범벅 속에 엎어진 그는 부들부들 떨면서 일어나 앉았다가 기개세를 향해 이마를 바닥에 댔다.
"소, 속하… 조경오… 주군을 뵈옵니다……."
"옥가… 어서… 나를……."
춘몽도 예를 갖추려고 안타깝게 옥마제를 불렀다. 하지만 어느 누구 하나 그녀를 돕지 않았다. 그녀가 어떤 상황인지 알기 때문이다.
옥마제는 이마를 바닥에 댄 채 보고했다.
"생존자 삼십이 명… 임무는 실패… 했습니다……. 벌을 내려… 주십시오……."
까칠하며 울음기가 짙게 배어 있는 목소리다.
기개세는 잔잔한 목소리로 말문을 열었다.
"너희마저 잃었다면 나는……."
중인은 그가 왜 말을 잇지 못하는지 알았다. 더 말하면 울음을 터뜨릴 것 같아서다. 기개세의 목소리에는 이미 울음기가 가득 묻어 있었다.
주군은 신이지만 인간이다, 뜨거운 피를 가진.
옥마제와 수하들은 부복한 채 어깨를 들먹이며 소리 죽여 흐느껴 울었다.
대저 어느 수하가 주군에게 이토록 깊은 사랑을 받아보았겠는가.

아! 주군!

독고비는 아까부터 소리없이 눈물을 흘리고 있었다. 이런 충성스러운 수하들의 희생 앞에서, 그리고 기개세의 마음이 어떠한지를 이미 공감하고 있기 때문에 흐르는 눈물을 참을 수가 없었다.

천족인 아미마저도 울고 있었다. 기개세라는 진정 인간다운 정으로 똘똘 뭉쳐진 주군이자 지아비를 만나서 그에게 많은 것을 배웠는데, 그중에 가장 값진 것이 인간의 뜨거운 감정이었다.

"예를 거두어라."

기개세는 말과 함께 수하들을 일일이 일으켜 자리에 눕고 앉게 해주었다.

이어서 마지막으로 옥마제를 일으켰다.

"경오, 네가 가장 잘한 일은 몽을 잘 보살핀 일이다."

"주군……."

주책없이 옥마제는 펑펑 눈물이 쏟아졌다. 그래서 그토록 보고 싶어 했던 주군의 모습이 잘 보이지 않았다.

기개세는 한쪽 무릎을 꿇은 채 옥마제를 품에 안았다.

"살아 있어서 정말 고맙다. 고맙다."

그는 고맙다는 말을 거듭했다.

"주… 군……."

옥마제는 기개세 어깨에 얼굴을 묻고 창피한 줄도 모르고 소리를 내어 끄억끄억 울어댔다.
기개세는 조심스럽게 옥마제를 떼어내 바닥에 편안하게 앉히고는 미소 지었다.
"경오, 이제 몽을 내게 맡기겠느냐?"
"주군… 아무쪼록……."
기개세는 일어나 침상 가에 걸터앉아 춘몽을 굽어보았다.
춘몽은 기개세가 나타났을 때부터 아무 말도 할 수가 없었다. 이것이 꿈인지 생시인지 분간조차 되지 않았다.
무슨 말이라도 하려는데 목소리가 나오지 않았다. 그것은 꼭 아프기 때문만이 아니다. 감정이 북받쳐서 가슴이 터져 버릴 것만 같았다.
기개세는 손을 뻗어 춘몽의 창백하고 초췌한 뺨을 어루만지며 미소 지었다.
"몽아, 너는 여전히 예쁘구나."
늙어 꼬부라진 할멈에게도 예쁘다는 칭찬이 최고다.
"흐으으… 흐……."
춘몽은 온몸을 떨면서 흐덕흐덕 흐느꼈다. '주군'이라고 불러야 하고, 예를 갖춰야 하는데 왜 자꾸 울음만 나오는 건지 미칠 지경이다.
"자, 이제 네가 도대체 얼마나 다쳤기에 엄살을 부리는지 한번 살펴보자."

 그는 누더기 이불을 걷었다. 춘몽의 가슴을 내려다보는 그의 얼굴이 착잡해졌다.
 춘몽이 이런 고통을 견디고 있었는가라고 생각하니까 가슴이 먹먹해진 것이다.
 어느새 기개세 옆에 서서 지켜보고 있는 옥마제는 조심스럽게 기개세의 얼굴을 살폈다.
 아무리 그라고 해도 이렇게 심한 부상은 손을 쓸 수 없을지도 모른다는 조바심 때문이다.
 춘몽의 가슴 한복판에는 시커먼 창날 하나가 흉측한 모습으로 튀어나와 있었다.
 어제 기개세가 직접 보았던 울전대의 단창이다. 보통 창보다 창날이 길었고 또 폭이 넓었으며 양쪽에 삐죽 튀어나온 또 다른 날이 두 개 있었다.
 창날은 춘몽의 가슴을 뚫고 한 뼘이나 튀어나온 상태다. 만약 뽑아버렸다면 그녀는 과다 출혈이나 내장 파열로 이미 죽은 목숨이 됐을 것이다.
 "어… 때요……?"
 그때 춘몽이 헐떡이면서 겨우 말했다.
 기개세는 빙그레 미소 지으면서 손가락으로 춘몽의 코를 살짝 비틀었다.

"과연 몽이 너는 엄살을 부렸구나. 이 정도 다친 것을 갖고 오랜만에 나와 만났는데 일어나지도 않고 말이다."

"미… 안해요."

핏기 하나 없이 창백하기만 하던 춘몽의 뺨에 발그레 홍조가 피어났다.

그의 말을 듣고 옥마제의 얼굴에도 미소가 피어났다. 기개세가 춘몽을 살릴 수 있다는 것을 확신했다.

옥마제나 춘몽을 비롯한 삼십이 명에게는 극도의 절망이었던 것이, 기개세가 출현함으로써 희망으로 변했다.

그들은 무엇을 어떻게 해야 할지 몰라서 아무것도 할 수가 없었는데, 기개세에겐 아무것도 아닌 것들이었다.

아미와 독고비는 능숙한 솜씨로 부상당한 수하들을 치료하고 있었다.

아미는 물론이고 독고비도 천족, 아니, 천신족으로서의 천신기혼을 많이 생성했기 때문에 치료를 하는 것쯤은 별로 어려운 일이 아니다.

"자, 내가 너를 벌떡 일어나게 만들어주마."

기개세는 담담히 말하면서 손을 뻗어 손바닥을 활짝 펴서 창날을 잡았다.

츠으으…….

그러자 창날이 춘몽의 가슴에서 뽑히는 것과 동시에 녹으면서 연기가 되어 피어올랐다.
 지켜보고 있던 옥마제는 그 신묘함에 입을 딱 벌리고 놀랄 뿐이었다.
 춘몽의 가슴에 꽂혀서 그녀의 생명을 위협하던 창은 그렇게 순식간에 사라져 버렸다.
 "몽아, 치료를 하자면 부득이하게 네 젖을 봐야겠구나."
 그 말에 춘몽은 얼굴이 더 붉어져서 눈을 꼭 감았다.
 찍!
 기개세가 그녀의 상의를 찢자 퉁 하고 크고 풍만한 한 쌍의 젖가슴이 드러나 물결처럼 흔들렸다.
 그녀의 젖가슴 한가운데에는 커다란 상처가 뚫려 있었다. 기개세는 그곳에 손바닥을 밀착시키고 부드럽게 쓰다듬으면서 천신기혼을 주입시켰다.
 "아……."
 그러자 춘몽은 고통이 일시에 사라지고 대신 뜨거운 물에 온몸을 담근 듯한 편안함을 느꼈다.
 주저앉아 있던 아낙은 어느새 일어나 먼발치에서 기개세가 치료하는 모습을 두근거리는 마음으로 지켜보고 있었다.
 기개세는 일각 정도 춘몽을 치료하고 나서 손을 뗴었다.
 "이제 됐다."

"벌써요?"

춘몽이 놀라면서도 왠지 아쉬운 듯한 표정을 지었다.

"일어나도 된다."

옥마제는 기겁을 했다. 아무리 기개세라고 해도 일각 동안 춘몽을 치료하고 나서는 일어나라고 하는 것은 심하다는 생각이 들었다.

"아… 날아갈 것 같아요!"

춘몽은 상체를 일으키며 두 팔을 머리 위로 뻗으며 환한 표정을 지었다.

그러면서 그녀는 은근히 기개세의 목에 두 팔을 두르고 매달리듯이 안겼다.

"보고 싶었어요, 주군."

춘몽의 터질 듯이 큰 젖가슴에 얼굴이 파묻힌 기개세는 그녀의 엉덩이를 소리 나게 때렸다.

"그만 하고 이젠 경오하고 교대해라."

"속하도……."

옥마제는 화들짝 놀랐다.

"어서 치료를 끝내고 모두들 한잔 거하게 해야지."

한잔한다는 말에 옥마제는 얌전하게 침상에 누웠다.

그날 밤에 촌락 앞 백사장에는 커다란 불이 피워졌다.

그리고 그 둘레에 기개세와 아미, 독고비, 춘몽, 옥마제와 마정협군 고수들, 그리고 촌락 사람들이 서로 섞여 앉아서 즐겁게 먹고 마셨다.

『대사부』 제13권에 계속…

백일
新무협 판타지 소설

문피아 연재 시 화제를 불러일으켰던 바로 그 작품!
비장미로 감싼 전율적인 마도의 영웅 서사!

화산을 불태우고 무당을 짓밟았노라.
소림을 멸문시키고 대정(大正)의 뿌리를 멸종시켰노라.
강호는 이런 나를 잔인하다고 말하지 말라.
참된 용사는 마인으로 배척되고
위정자가 영웅이 되는 세상이라면,
나는 아귀의 심정으로 칼을 들어 이 세상을 열 번도 더 파멸시키겠노라.

아비의 혼을 가슴에 품고 무너진 마도의 뜻을 바로 세우기 위해
훗날 위대한 마도의 종사가 될 무인이 일어선다!

마도종사 능비, 그의 전설에 주목하라!

유행이 아닌 자유추구 -
WWW.chungeoram.com
Book Publishing CHUNGEORAM

대호산의 다섯 산적이 자칭 천하제일인을 만난다.

괴노 마효(魔梟)!
그는 정말 천하제일인이었을까?
그의 화마경은 정말 천하제일무경일까?

인간의 마음속에 억압된 자아를 끌어내는 자(者)의 무공!
그 화마경의 세계로 다섯 산적이 뛰어든다.

"본래 사람 사는 세상이 화마의 세계인 거다."

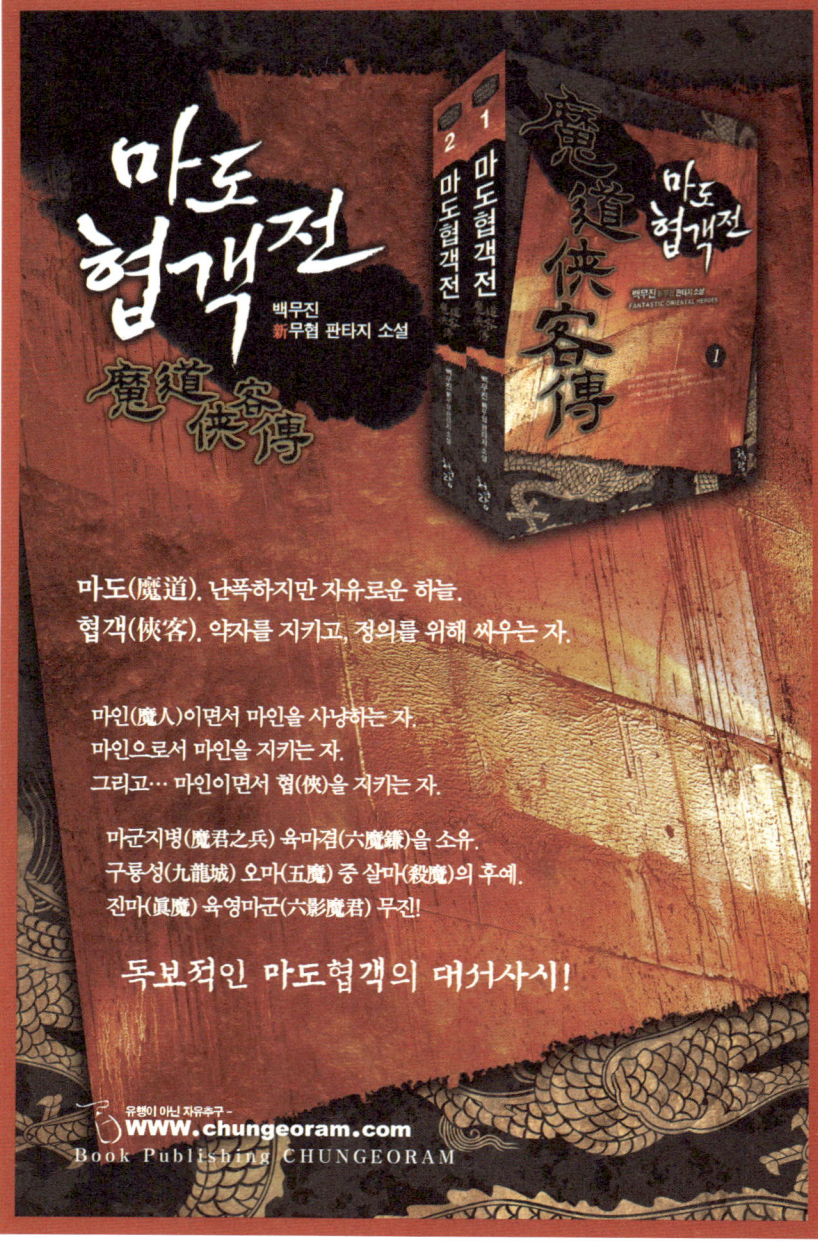